Le fantôme de l'Étalon Noir

SÉRIE *L'ÉTALON NOIR*
DANS LA BIBLIOTHÈQUE VERTE

Le ranch de l'étalon noir
Flamme et l'étalon noir
Le secret de l'étalon noir
Un rival pour l'étalon noir
Flamme et les pur-sang
L'empreinte de l'étalon noir
Sur les traces de l'étalon noir
L'étalon noir
Le fils de l'étalon noir
La révolte de l'étalon noir
Le retour de l'étalon noir
Flamme part en flèche
La légende de l'étalon noir
Flamme cheval sauvage
Le prestige de l'étalon noir
Le fantôme de l'étalon noir

Walter Farley

Le fantôme de l'Étalon Noir

Traduction de Jean Muray

Illustrations de François Batet

HACHETTE

L'ÉDITION ORIGINALE DE CE ROMAN A ÉTÉ
PUBLIÉE EN LANGUE ANGLAISE PAR
RANDOM HOUSE, NEW YORK, SOUS LE TITRE :
THE BLACK STALLION'S GHOST

Hachette Livre, 43, quai de Grenelle, 75015 Paris.

Chapitre 1

Le fantôme

L'homme était presque invisible dans les coulisses mal éclairées. De haute taille, il portait des vêtements aussi noirs que ses cheveux et son visage. Il éleva une main large et forte, striée de veines, et toucha la jument gris argent près de laquelle il se tenait. Ou plutôt, il la frôla, comme il aurait frôlé un fantôme.

À ce contact, la jument tressaillit légèrement. Il comprit alors qu'elle était prête à entrer en piste. Et il écarta un peu le rideau de scène, afin de voir si la vaste salle était comble.

C'était son premier séjour à Stockholm. Il était ému. La bâtisse aurait mieux convenu à un théâtre qu'à un cirque. Son éclairage contrastait agréablement avec la nuit et le froid mordant de l'extérieur. Les loges en bord de piste étaient garnies de fauteuils rouges. Derrière les loges, les gradins montaient à une hauteur vertigineuse. Toutes les places étaient occupées et tous les yeux rivés sur la piste où Davisio Castini et sa troupe terminaient leur numéro de voltige acrobatique.

L'orchestre jouait une marche entraînante, tandis que les lourds chevaux de Castini martelaient le sable. L'homme en noir n'appréciait guère les chevaux de ce genre, avec leurs têtes emplumées et leurs poitrails couverts de pierreries. Cependant, il savait qu'ils avaient leur place dans un cirque.

De nouveau, il toucha la jument, et elle pointa les oreilles. Elle attendait l'ordre d'avancer. Il se promit qu'il n'y aurait jamais sur elle d'ornements scintillants, de brides endiamantées, de plumes non plus ou de rubans aux couleurs criardes, noués dans la crinière et la queue. Pas même une longe. Si elle devait fasciner les spectateurs, ce serait par ses seules évolutions.

Pour ne pas être vu de la salle, il se pressa un peu plus contre le rideau. Son visage impassible semblait taillé dans la pierre. Toujours, il avait senti qu'on le craignait et, jugeant cela amusant, il ne faisait rien pour détromper les gens.

Le numéro de voltige était terminé. Il y eut un roulement de tambour, suivi d'applaudissements polis. L'homme les écouta et se rendit compte que les spectateurs étaient aussi froids que le climat de la Suède.

Sachant que le moment approchait où sa jument apparaîtrait sur la piste, il tira de sa poche, d'un geste nerveux, une statuette en or et la frotta doucement. La chaleur qui s'en dégagea et pénétra ses mains lui rendit courage et confiance. Il croyait au pouvoir de cette statuette, car, d'origine haïtienne, il était profondément superstitieux.

Le chef de piste — sorte de M. Loyal en redingote et chapeau haut de forme — lui adressa le signe convenu : « Préparez-vous. » L'homme dit à sa jument :

« C'est notre tour. »

Une fois encore, les trompettes de l'orchestre déchirèrent le silence. Puis, en suédois, le régisseur annonça d'une voix retentissante :

« Mesdames, messieurs et chers petits enfants, le cirque Heyer a le grand plaisir de vous présenter le Fantôme... »

Tandis que M. Loyal continuait à déclamer, l'homme pensait à tous les pays d'Europe où, durant dix ans, il s'était produit. Il ne connaissait que quelques mots de suédois. Mais cela n'avait aucune importance, puisque le texte de présentation restait invariablement le même. C'était lui qui l'avait écrit, comme il avait collaboré à la composition de la musique du numéro. Ainsi, partout où ils se trouvaient, l'homme en noir et la jument grise étaient toujours chez eux.

Petit à petit, les lumières devinrent moins intenses. Et, bientôt, toute la salle fut plongée dans la pénombre. L'homme en effet l'exigeait. Elle provoquait le silence dans les loges et sur les gradins, préparant ainsi les spectateurs à mieux admirer la beauté de ce qu'ils allaient découvrir.

L'homme débarrassa la jument de sa longe. Il la sentait prête, plus que jamais, à jouer son rôle. Peut-être se représentait-elle le décor situé au-delà du rideau et les yeux innombrables qui allaient bientôt se fixer sur elle.

Dès que la piste fut plongée dans une totale obscurité, le régisseur alla se placer sous l'orchestre et poursuivit la présentation :

« Le Fantôme n'est pas un animal ordinaire. Il ne semble pas appartenir à notre monde. C'est Pégase, le cheval ailé ! Vous allez assister à un prodigieux numéro mis au point par un virtuose du dressage et de la haute école. J'ai nommé le capitaine Philippe de Pluminel, qui a appartenu au célèbre Cadre noir de Saumur ! »

Le capitaine murmura à sa jument :

« Va maintenant ! »

Elle s'avança, tandis que lui restait derrière le rideau. Il ne montrait aucune nervosité, se dominant aussi parfaitement qu'il dominait sa jument.

L'orchestre commença de jouer dans l'obscurité, d'abord en sourdine, puis de plus en plus fort et parut bientôt emplir toute la salle. Le capitaine imaginait facilement les spectateurs de plus en plus tendus, guettant l'instant où apparaîtrait le fantôme.

Puis l'orchestre déroula une mélodie très lente et très douce, comme le chuchotement du vent d'été. Ensuite, le rythme s'accentua. Il y eut un solo de flûte. Les notes tombaient comme les gouttes d'une pluie mystérieuse, lointaine, obsédante.

Soudain, le faisceau d'un projecteur troua l'obscurité et révéla la silhouette de la jument. Celle-ci se tenait immobile au centre de la piste. La tête penchée, elle semblait brouter... bien qu'il n'y eût que du sable à sa portée.

En fait, elle tendait l'oreille, guettant des notes particulières, très aiguës, qui seraient indéfiniment répétées.

Le capitaine ne la quittait pas des yeux. Un long moment, elle resta sans bouger. Tout à coup, la première note éclata, perçante. La jument leva sa tête petite, finement modelée, plongea son regard dans les ténèbres de la salle. Elle avait l'air surprise, car la note, non seulement se répétait, mais devenait de plus en plus forte.

La jument commença de trotter en suivant le bord de la piste. Elle trotta d'abord avec lenteur, puis accéléra. Les notes s'étant changées en un sifflement déchirant, elle ralentit, comme si elle avait compris qu'il lui était impossible de fuir. Les notes, elles aussi, se firent moins rapides.

Bientôt, elles adoptèrent un rythme différent

plus syncopé. La jument s'en accommoda sans peine. Elle ne trottait plus : elle dansait. Ses foulées et ses arrêts étaient chacun un miracle de grâce.

Le capitaine, qui ne cessait de l'observer, avait l'impression qu'elle flottait, tel un animal fabuleux. « Ah ! pensait-il, elle le mérite, ce nom de Fantôme ! Pourtant, elle est bien vivante. Elle est seulement en parfaite harmonie avec la musique, avec la cadence. »

Les intervalles entre les notes se firent plus longs. Sur-le-champ, la jument raccourcit ses foulées, sans rien perdre de sa grâce et de sa distinction. Elle ne semblait même pas toucher le sol.

Puis ce fut le « passage », le trot de côté. Le capitaine se demanda si un seul spectateur était capable d'apprécier ce tour de force, accompli sans cavalier. Ces Suédois avaient-ils quelquefois entendu parler de haute école ? Chaque cirque se flattait d'avoir dans sa troupe un écuyer ou une écuyère de premier ordre. Mais un cheval évoluant en solitaire sur la piste, cela ne s'était probablement jamais vu. Il avait fallu des années de travail patient pour obtenir ce résultat.

De nouveau, la musique s'enfla. Néanmoins, à l'arrière-plan du flot sonore, les notes aiguës continuaient à se dévider. Elles devinrent plus distinctes, plus pressantes. Alors, la jument changea d'allure.

Elle se mit à trotter sur place, à une cadence impeccable. M. Loyal n'avait pas menti. Elle n'était plus un animal ordinaire. Elle ne semblait pas de ce monde. Elle était bien Pégase, le cheval ailé !

Après quoi, ce fut le « piaffer ». Le capitaine redoubla d'attention. Non, pas une faute. La jument était irréprochable.

L'orchestre s'arrêta et, avec lui, le « piaffer ». La jument fit, au pas, le tour de la piste. Puis, superbe dans sa robe grise à reflets d'argent, elle vint se placer dans le faisceau du projecteur. On aurait dit qu'elle attendait des applaudissements qu'elle savait mérités.

Certes, les spectateurs applaudirent, mais sans enthousiasme. Le capitaine dut se dominer pour ne pas laisser éclater sa colère. Dans tous les pays où elle était passée, la jument, après le « piaffer », avait été l'objet d'ovations délirantes. Le capitaine était déçu, pour elle surtout. Il savait qu'elle appréciait le succès. D'ailleurs, elle y réagissait toujours par une application encore plus grande.

Dans l'immense salle, la foule, sans un mot, sans un geste, guettait le moment où la jument poursuivrait son numéro. Le capitaine serrait les dents. Ces Suédois élégants étaient-ils donc bornés, sans imagination ? On les disait réservés, d'esprit positif. Tenaient-ils à justifier leur réputation ?

Malgré la violence du sang qui bouillonnait dans ses veines, le capitaine parvint à maîtriser sa colère. Seul brûlait, dans son visage basané, son regard sombre.

Au premier choc de cymbales, la jument partit au petit galop, et accentua l'allure. Bientôt, elle fut au grand galop. Soudain, elle s'arrêta, se cabra et pivota sur elle-même, comme si elle tentait de creuser dans la piste un trou avec ses sabots.

L'instant suivant, tandis que les instruments de l'orchestre jouaient crescendo, la jument retombait sur ses antérieurs, se dressait et restait ainsi, plusieurs secondes, presque à la verticale, dans la position dite de la « courbette ».

Le capitaine attendit. Le public allait-il se réveiller ? Enfin, il y eut des applaudissements. Le capitaine sourit. « Elle commence à les séduire, pensa-t-il. Et elle a encore plus d'un tour dans son sac ! »

Après les cymbales, les tambours dominèrent l'ensemble des instruments. La jument, toujours à la verticale, fit, sur ses postérieurs, quatre sauts en travers de la piste. Et, s'étant laissé retomber sur les antérieurs, elle reprit son trot circulaire, un trot lent, dansant, qui épousait étroitement la cadence de la musique.

Le sourire du capitaine s'accentua. Il savait combien la jument aimait danser. Elle avait, à ces moments-là, quelque chose qui n'était plus d'un animal, mais d'une femme. De tous les chevaux, étalons ou hongres, qu'il avait dressés, aucun ne possédait comme elle cette légèreté du pied, ce sens inné du rythme. Maintenant, il se souciait peu qu'elle eût ou non du succès. Des années d'efforts partagés le mettaient en étroite union de pensée et de volonté avec elle.

La fin du numéro était proche. La jument revint au centre de la piste. Tous les instruments se turent, sauf la flûte qui égrenait quelques notes piquées. Ces notes, comme au début, devinrent plus fortes, plus pressantes. La jument répondit à leur appel. Dans le halo du projecteur, ses muscles frissonnaient sous sa robe, ses naseaux tremblaient, ses oreilles frémissaient.

Puis les notes de la flûte grimpèrent jusqu'à un aigu déchirant. Alors, la jument parut ne plus pouvoir les supporter. Comme si elle leur obéissait en même temps qu'elle essayait de les fuir, elle s'enleva en l'air sur ses quatre pieds, en pliant les postérieurs sous son ventre, accomplissant ainsi la très difficile « ballotade ».

Le capitaine resta de marbre aux applaudissements. Il n'entendait que le sifflet perçant de la flûte et ne voyait que la jument. Encore une fois, elle s'enleva et, à deux mètres du sol, en plein vol, détacha une ruade vigoureuse, afin, semblait-il, de stopper un poursuivant. Elle était vraiment le cheval ailé, crinière et queue flottantes !

Avec cette « cabriole », le numéro avait atteint son point culminant. Toutes les lumières, progressivement, se rallumèrent. La jument avait repris place au centre de la piste. Ses naseaux étaient dilatés, et ses oreilles en alerte.

D'un signe, M. Loyal invita le capitaine à rejoindre la jument. Celui-ci s'exécuta, un peu à contrecœur.

Quand l'assistance le vit, elle le salua d'une vague d'applaudissements. Il remercia en agitant la main. De même que la jument, il avait un maintien fier, distant, celui d'un homme parfaitement maître de lui. Le spectacle ne se terminait pas comme il l'avait souhaité. Si les spectateurs applaudissaient, c'était parce qu'il se tenait mainte-

nant près de la jument, dans l'éclat des lumières. Ils avaient apprécié le numéro. Tous devaient penser : « C'est du dressage bien fait, du travail sérieux. » Décidément, ces gens étaient sans imagination. Ils n'avaient pas vu de Fantôme, de Pégase ailé, mais seulement une jument docile. Dans leurs esprits pratiques, il n'y avait pas de place pour la fantaisie et le rêve...

Le capitaine ne se sentait rien de commun avec eux. Et il ne souhaitait guère subir leur influence, ni celle de leurs semblables à travers le monde. Il cessa donc d'écouter les applaudissements et ne s'occupa plus que de la jument et de ses propres pensées. Glissant la main sous la crinière grise, il caressa l'encolure frissonnante.

Désormais, il ne se produirait plus en Europe. En effet, il avait signé un contrat avec le cirque Barnum and Bailey, aux États-Unis. Mais, auparavant, il goûterait, avec la jument, des vacances bien méritées. Il ne voulait pas reprendre le travail avant d'avoir passé quelques semaines en Floride où il possédait une résidence en location et une sorte de manège.

Mais avant de gagner la Floride, il réaliserait un vieux projet. Il s'arrêterait à Haïti, terre de ses ancêtres. Cette grande île, il voulait la connaître mieux. De plus, il avait entendu dire à son sujet bien des choses étranges. Lorsqu'il était enfant, son père lui avait raconté une légende truffée de détails apparemment invraisemblables, et qui se transmettait de génération en génération. Il voulait absolument en savoir plus long, car lui-même croyait aux signes, aux présages.

Les applaudissements redoublaient. Des enfants surtout, enthousiastes, s'étaient dressés et agitaient leurs programmes. Le capitaine fut heureux. Ils avaient vu, eux, ce qui avait échappé aux adultes. Le cirque était fait pour les enfants, pour leur intelligence ouverte à l'irréel.

Les lumières s'éteignirent progressivement, sauf le projecteur. Le capitaine conduisit la jument vers les coulisses. Savait-elle ce qu'il lui réservait de l'autre côté de l'océan Atlantique ? Non, bien sûr. Il désirait qu'elle eût un poulain. Or, l'étalon qui lui paraissait convenir en tous points, il avait pu l'admirer quelques jours auparavant à la télévision suédoise : un superbe cheval noir, nommé Black, grand crack américain, qui venait de gagner une épreuve importante en Floride. Il avait longtemps cherché un étalon de cette classe, de cette beauté. Le fait de l'avoir justement découvert en Floride, à l'endroit où il passerait ses vacances, n'était-ce pas l'un de ces signes qui lui étaient chers, un présage ? Il était fermement résolu à mettre son projet à exécution. Énergique et sans remords, il n'hésitait pas, quelquefois, à prendre ce qui lui était refusé.

Les applaudissements se prolongèrent longtemps après que le capitaine fut passé derrière le rideau. Mais il ne reparut pas.

Chapitre 2

L'étalon noir

L'étalon, hochant la tête, humait l'air printanier. Il se découpait en noir dans la lumière dorée du matin, et son corps puissant était agité par le désir violent d'une compagne. Sa nervosité s'accrut encore lorsque le vent lui apporta, d'un pâturage lointain, une odeur piquante.

Soudain, il poussa un hennissement aigu, destiné aux juments qu'il ne pouvait voir, mais dont il devinait la présence. Il se ramassa sur lui-même, prit appui sur son arrière-train, plongea en avant et galopa dans un roulement de tonnerre jusqu'à l'extrémité de la prairie. Sa crinière et sa queue scintillaient au soleil.

Il longea la haute clôture qui le séparait des autres pâturages. Arrivé à l'extrémité, il s'arrêta, dressa la tête et regarda par-dessus la clôture.

Maintenant, il pouvait voir les juments. Et, de nouveau, il leur adressa son hennissement aigu, pressant. Quelques-unes se tournèrent dans sa direction. D'autres trottèrent ou galopèrent en cercle. La plupart, toutefois, continuèrent à brouter, comme si elles n'avaient rien entendu. Il répéta plusieurs fois son appel, espérant peut-être attirer celles qui bougeaient. Mais celles-là aussi se remirent à brouter en s'éloignant pas à pas.

Alors, furieux, il se reprit à galoper le long de la clôture, dans les deux sens, montrant sa rapidité, sa force, sa fougue. Quand il s'arrêtait, il grattait le sol, faisait voler à droite et à gauche des mottes de terre. Son hennissement devint plus métallique, plus menaçant.

Cette fois, les juments cessèrent de brouter, tendirent l'oreille, regardèrent dans sa direction. Et, découvrant l'étalon dans l'épanouissement de son autorité souveraine, elles prirent peur et détalèrent toutes ensemble.

Il les suivit d'un regard étincelant. Il continuait à hennir et, les veines gonflées sous sa robe soyeuse, il repartit dans un galop effréné.

Plus tard, sa fureur dissipée, il gagna l'ombre d'un chêne. Là, sans hâte, il se coucha et se roula sur l'herbe fraîche.

Alec Ramsay, assis au sommet de la clôture, avait observé son cheval.

« Est-ce là une façon de se conduire ? demanda-t-il à l'étalon noir. Voilà qui n'est pas digne de toi. »

Sans lui prêter attention, l'étalon noir continua son manège. Mais Alec Ramsay ne s'en formalisa pas. Il y avait longtemps qu'il savait parler à Black. Et peu lui importait que celui-ci l'écoutât ou ne l'écoutât pas.

Ayant capté un parfum chaud et doux, Alec regarda, au-delà du vert tapis des pâturages. C'étaient les cheminées d'une sucrerie, qui répandaient ce parfum.

Et Alec pensa que le nom du ranch où il était installé — le Sugar Ranch — avait été bien choisi.

Après deux mois passés à Miami, ville surpeuplée, il ne s'était pas attendu à trouver la Floride méridionale aussi séduisante. La plupart des touristes qui abondaient dans ce pays en hiver étaient en général attirés vers les côtes et ne visitaient jamais la région vaste et peu peuplée qui se trouve en bordure des Everglades[1].

Alec leva la tête vers le soleil tropical. Il le savoura longuement, ainsi que le silence dont il se sentait environné. Sous son tee-shirt et son blue-jean, son corps aux muscles durs était aussi bronzé que son visage. Après les courses très fatigantes qu'il avait disputées sur l'hippodrome de Hialeah Park, à Miami, il appréciait des vacances qu'il estimait méritées. Il n'avait personne pour lui dicter sa conduite, et ne se sentait responsable que de Black. Cela ressemblait à l'époque lointaine où tout avait commencé.

Il suivit le vol d'un héron dans le ciel bleu, tendit l'oreille à son cri rauque et l'accompagna du

1. Partie de la Floride, les Everglades sont formés d'immenses marécages.

regard jusqu'à ce qu'il eût disparu derrière des palmiers qui se balançaient au gré de la brise.

Puis il se retourna vers son cheval. Black était sur le dos, les quatre fers en l'air. Alec sourit, jugeant inattendue cette position pour un animal toujours si remuant. Mais peut-être Black succombait-il, lui aussi, à la langueur du climat...

Alec se demanda si l'endroit n'était pas idéal pour faire de l'élevage. En tout cas, c'était son vieil ami et entraîneur, Henry Dailey, qui le lui avait suggéré, avant de se rendre à New York pour choisir plusieurs yearlings. Henry Dailey avait ajouté :

« Nous pourrions acheter ici un petit domaine qui serait une annexe de notre ranch de l'Espoir. Nous y amènerions nos poulains et certains chevaux plus âgés qui ont besoin d'un long repos au soleil. »

L'idée n'était ni originale ni nouvelle. Alec avait rappelé à Henry Dailey que la région d'Ocala, au centre de la Floride. était déjà très fréquentée par les éleveurs.

« Et même trop fréquentée ! avait répliqué le vieil entraîneur. D'ailleurs, dans la région d'Ocala, la terre est chère. Et puis à quoi bon avoir pour voisins d'autres éleveurs ? Non, c'est ici qu'il faut chercher. Réfléchis à ce problème pendant mon absence. »

C'était justement ce à quoi le jeune garçon réfléchissait. Il voyait dans cette solution autant d'avantages que d'inconvénients. La région convenait moins aux pâturages qu'à la culture de la canne à sucre et des légumes. Récupérée sur les marécages, elle était couverte d'un tapis de tourbe noire. Sous ce tapis, l'assise coralienne donnait sa forme à la péninsule de la Floride et assurait sa solidité.

Au nord, on avait construit un barrage. Il régulait les eaux du lac Okeechobbe qui coulaient auparavant vers le sud et alimentaient les Everglades. Par ce moyen, on avait créé des milliers et des milliers de kilomètres carrés de terre arable. « Mais aussi, se disait amèrement Alec, on a condamné à mort, à plus ou moins longue échéance, les grands marécages. » En effet, on y creusait des canaux en nombre croissant et des promoteurs alléchaient les naïfs en leur promettant « des résidences sur ces lieux où, jadis, ont vécu des animaux sauvages ».

Il se tourna vers le sud, dans la direction lointaine d'un très long ruban de couleur fauve où se jouaient les rayons du soleil. En somme, il se trouvait presque en bordure des Everglades. Réussirait-on jamais à les assécher ? Il se demanda pourquoi, ce matin-là, il se sentait attiré par les marécages, comme par un aimant, alors que, jusque-là, il ne leur avait guère prêté attention...

Il sauta de la clôture, désireux d'agir, de bouger, de rompre ce silence obsédant. Chaque jour, il montait Black. Or, il n'était pas question de changer cette habitude. La saison des courses de printemps commencerait bientôt à New York. Black et Alec y étaient attendus. Henry Dailey leur avait accordé trois semaines de détente après une dure campagne d'hiver. Mais pas un jour de plus.

Alec s'avança vers son cheval en se disant : « Il faudrait que je lui trouve un autre enclos où il serait moins tourmenté par le voisinage des juments. » Puis il réfléchit que ce problème serait sans doute aisément résolu par Joe Early, le directeur du Sugar Ranch.

Lorsqu'il vit Alec s'approcher, une longe à la main, Black se redressa. Mais il ne s'enfuit pas. Il attendit, immobile.

Alec boucla la longe à l'anneau du licou. Jamais il ne se rassasiait de contempler son cheval. Aussi longtemps qu'il le posséderait, il lui inspirerait une admiration mêlée d'un peu de crainte.

La vraie grandeur de Black, peu de gens s'en rendaient compte, même ceux qui avaient l'occasion de l'admirer des tribunes d'un hippodrome. Il fallait se tenir près de lui pour apprécier la noblesse de sa tête. Et seul celui qui le pansait pouvait connaître vraiment sa taille exceptionnelle et cette puissante harmonie de son corps qui faisaient de l'étalon noir le plus grand crack de l'époque.

Alec observa le mouvement des oreilles. Car c'était ainsi que Black s'exprimait. À cet instant, elles étaient orientées au sud, vers les Everglades.

« Toi aussi ? fit le jeune garçon en flattant la vaste encolure. Eh bien, nous irons là-bas ce matin. Au moins, ça nous changera de paysage. Nous sommes en vacances, pas vrai ? Pendant l'absence d'Henry, nous pouvons faire ce que nous voulons. »

Black tendait la tête vers lui, comme s'il l'écoutait attentivement. Alec savait que son cheval, si le sens des mots lui échappait, les comprenait par l'intonation. N'était-ce pas là ce qui comptait ? Les naseaux veloutés lui soufflaient au visage une haleine tiède. Il y avait aussi de la douceur chez l'étalon noir, ce que presque personne ne savait. Les grands yeux de Black le regardaient fixement avec une expression de confiance.

« À vivre tout le temps ici, reprit Alec, nous deviendrions paresseux. »

Black répondit en s'ébrouant.

« De sorte, continua Alec en lui caressant le chanfrein, que je ne vois pas de raison pour que nous nous privions d'une promenade aux marécages. Non, aucune raison. »

Cependant, il ne monta pas tout de suite. Il éprouvait l'impression que ce matin-là n'était pas tout à fait comme les autres. Puis il haussa les épaules en pensant : « Aujourd'hui n'est pas différent d'hier, ni d'avant-hier. La seule différence est que, pour la première fois, notre promenade nous mènera vers le sud. Bref, nous partons à l'aventure. »

Au fond, il n'était pas mécontent de l'absence d'Henry Dailey. Il se sentait plus libre et, pour un assez court laps de temps, délivré d'une autorité qu'il savait certes bienfaisante, mais qui parfois lui pesait.

En perspective, il avait une longue saison de courses, entrecoupée de séances d'entraînement. Et, lorsqu'il ne participerait pas à une épreuve, il travaillerait au ranch de l'Espoir. Comme le personnel qualifié était rare, c'était souvent Alec lui-même qui devait réparer les clôtures, le toit d'une grange, herser les enclos, soigner les poulains nouveau-nés, faucher le foin et le rentrer pour l'hiver. En somme, il y avait toujours du travail...

Alec évoquait avec plaisir l'époque où il ne lui était pas nécessaire d'obéir en toutes choses, où il pouvait partir à l'aventure avec Black, quand cela lui plaisait.

« Ce matin, pourquoi ne pas laisser la selle et la bride de côté ? se demanda-t-il à mi-voix. Pourquoi ne pas monter à cru, comme naguère ? »

Il empoigna la crinière. Puis, en deux tractions vigoureuses, car une seule n'aurait pas suffi, il se hissa sur le dos de l'étalon noir. Et, immédiatement, il se sentit en harmonie avec lui. Pour le diriger, il lui suffisait d'une pression du genou ou de la jambe, d'un frôlement du talon, quelquefois d'un claquement de langue ou même d'un mot qu'ils étaient seuls à comprendre.

Dès que Black fut au petit galop, Alec le fit

tourner à gauche et décrire un large demi-cercle. Et, comme l'étalon noir allongeait ses foulées, il lui dit en atteignant la porte de l'enclos :

« Du calme, voyons, du calme ! »

La porte franchie, Alec orienta Black au sud et lui permit de galoper à sa guise. Depuis longtemps, il n'avait jamais été aussi heureux. Il ne faisait qu'un avec son cheval, à tel point qu'il en oubliait tout le reste.

Black galopait avec souplesse. Bientôt, Alec l'obligerait à ralentir. Mais, pour le moment, il trouvait agréable le choc du vent contre son visage. Il écoutait le roulement des sabots sur le chemin boueux. Le secret de l'étalon noir résidait non seulement dans sa puissance et sa rapidité, mais dans son rythme soutenu, et le fait qu'aucun de ses mouvements n'était superflu.

Alec se pencha sur l'encolure. Soudain, il désirait laisser Black se lancer au grand galop. Car c'était un plaisir incomparable.

Il parla donc à son cheval et aucun être humain n'aurait compris son langage. Alors, Black fonça. Le roulement des sabots sur le sol se précipita. L'étalon noir tendait la tête, comme s'il voulait encore forcer l'allure. Le satin noir de sa robe miroitait au soleil du matin.

Les yeux d'Alec avaient le même éclat que ceux de sa monture. Sans mors ni selle, absolument libre, Black s'épanouissait dans toute sa beauté. Pourtant, Alec savait qu'il se devait de rester le maître. Gêné par la crinière, il l'écarta et put enfin observer le chemin. Instinctivement, il commença de chronométrer, de deux cents mètres en deux cents mètres. Tout jockey digne de ce nom a besoin de ce renseignement, car la vitesse n'est pas seulement affaire de talent et de valeur. Elle est le résultat d'un travail soutenu.

Au bout de deux kilomètres environ, Alec mit Black au pas. Il essuya la sueur qui baignait son visage. Déjà, lui parvenait l'odeur forte des marécages.

Soudain, l'atmosphère lui apporta une sorte d'avertissement, et il éprouva la même impression bizarre qu'auparavant. Certes, il savait que cette matinée ne serait pas comme les autres. Seulement, un élément nouveau s'y ajoutait.

Alec arrêta Black. Il ignorait si le danger émanait du sol ou de l'air qui l'enveloppait. Il n'était certain que d'une chose : ce danger était là, tapi dans les Everglades.

Chapitre 3

Les hammocks

Alec balaya du regard le prodigieux domaine végétal. Au premier plan, l'herbe avait la couleur du blé mûr. Au loin, elle prenait des reflets d'émeraude. C'était une vaste étendue plate, où régnait une lumière aveuglante, une région qui, aussi vieille que la création du monde, échappait, dans sa majeure partie, à l'industrie des hommes. Et tout cela parfaitement immobile. Pourtant, Alec percevait quelque chose qui ressemblait aux battements d'un cœur... Et ce cœur n'était pas le sien. C'était celui des Everglades.

Il haussa les épaules. Appréhension ridicule ! Il n'y avait aucune raison de craindre ce pays sauvage, aux trois quarts inondé et asséché petit à petit par des canaux. Toutefois, et cela était très visible, les Everglades résistaient à l'assèchement et tentaient de survivre. Leur immensité brûlée de soleil semblait défier ceux qui avaient juré de les détruire !

À trois kilomètres de là, le chemin conduisait à un village habité par des Séminoles. Alec avait entendu dire que ces Indiens, vivant de la chasse, étaient installés sur des îles connues sous le nom de hammocks,

Il chercha le hammock le plus proche et aperçut une butte de terre presque circulaire, surmontée de palmiers autour desquels volaient des oiseaux. À l'ouest, il y avait d'autres hammocks, les uns plus grands que le premier, les autres plus petits, et qui paraissaient flotter sur des eaux traversées de lueurs vertes et jaunes.

Alec remit au pas l'étalon noir. Étant venu jusque-là, il n'allait tout de même pas faire demi-tour ! D'ailleurs, le silence des marécages lui était plutôt agréable après le tintamarre d'un hippodrome comme celui de Hialeah Park.

Au bruit des sabots de Black, une vingtaine de busards s'élevèrent d'un monticule. Alec observa la lourdeur, la gaucherie de leur vol, et remarqua qu'au lieu de s'éloigner, ils restaient à planer au-dessus du monticule, attendant sans doute que le cavalier et le cheval fussent passés.

Arrivé près du monticule, Alec découvrit le cadavre d'un alligator que ces oiseaux, friands de charognes, avaient déjà à moitié déchiqueté.

Il se détourna avec dégoût. Dix minutes plus tard, il atteignit un croisement. L'un des chemins conduisait au village des Séminoles, tandis que le second, orienté au sud-ouest, traversait les marécages, et semblait mener vers un autre hammock, trois ou quatre fois plus vaste que le premier.

Ce fut cette direction que choisit Alec. Le chemin, surélevé, était une digue assez praticable. Alec mit Black au petit galop. Il savait qu'à cette allure il pouvait aller au hammock et en revenir sans fatiguer son cheval. D'ailleurs, l'étalon noir, dont les oreilles étaient sans cesse agitées de frémissements, paraissait aussi désireux que son cavalier de filer bon train.

Pendant plusieurs kilomètres, Alec chevaucha dans un silence pénétrant. Le soleil frappait sa tête nue et il se croyait traversant un désert pour essayer d'atteindre une oasis. Un serpent brun se faufila en travers du chemin et disparut dans les herbes. « Et s'il était venimeux ? pensa Alec. Ce n'est pas le moment de flâner ! »

Enfin, il se trouva près du but. Le hammock lui parut encore plus grand qu'il ne l'avait imaginé. Des cyprès y formaient comme une muraille. Où finissait la terre, où commençait le marais ? L'eau cernait le tronc des arbres et des lianes pendaient aux branches. Le silence était devenu si pesant et l'atmosphère si fantastique que, pour la première fois, Alec envisagea de rebrousser chemin.

Grâce au sentier qui contournait le hammock, il vit, dans une clarté d'aquarium, un grand déploiement de fleurs multicolores parmi lesquelles triomphaient des orchidées. Attiré par tant de beauté, et malgré ce silence sournois comme une menace, il décida de continuer son exploration.

Après une centaine de mètres, le sentier, faisant un crochet, entrait dans le hammock et s'enfonçait parmi des yuccas gigantesques. Alec s'y engagea. Il n'était pas mécontent de laisser derrière lui les brûlures du soleil.

Le sentier, maintenant très étroit, tournait vers l'extrémité ouest du hammock. Il longeait les cyprès et l'eau sombre où baignaient ces arbres, puis revenait à l'intérieur.

Alec n'avait jamais contemplé végétation aussi luxuriante. Quel contraste avec l'herbe des marécages ! Il ne se lassait pas d'admirer les palmiers, les chênes, les magnolias, les lauriers-roses.

Le premier bruit qu'il entendit était très léger. Black, lui aussi, l'avait capté. Ses oreilles pointaient dans la direction d'une vigne sauvage. Deux où trois secondes plus tard, Alec découvrit un oiseau-mouche qui, voletant autour d'une fleur, imitait avec ses ailes le ronflement d'une minuscule hélice.

Où diable conduisait le sentier ? Alec se posait et se reposait cette question. Bien sûr, s'il y avait danger, il en serait averti aussitôt par l'instinct de Black. Pour le moment, celui-ci progressait de façon normale, bien qu'avec une sorte d'empressement, comme s'il avait voulu lui aussi percer un mystère.

Ayant traversé un écran de chênes chargés de mousses grimpantes, cavalier et monture débouchèrent dans une petite clairière qui avait été sans doute taillée dans la végétation par des Indiens, des années auparavant, et que des chasseurs continuaient peut-être à utiliser.

Au centre de la clairière, il y avait une dépression. Black s'en approcha, huma le sol, puis, rele-

vant la tête, il poussa un hennissement joyeux. Étonné, Alec mit pied à terre, examina les empreintes. Pas de doute, un cheval s'était roulé dans la dépression, quelques minutes auparavant. En outre, d'après le hennissement particulier de Black, ce cheval était une jument.

De l'autre côté de la clairière, le sentier plongeait dans la végétation. Alec, tenant Black par la longe, s'y engagea. Il voulait savoir pourquoi une jument se trouvait à cet endroit et si elle y était seule — ce dont il doutait fortement.

« Désormais, murmura-t-il à Black, tu vas te taire. Comme ça, nous pourrons voir ce qui se passe. »

Après avoir progressé d'une dizaine de mètres, il arrêta l'étalon noir. D'où provenait ce chant d'oiseau, cette même note, indéfiniment répétée ? De plus, elle se déplaçait, s'interrompait, reprenait de plus belle. Il y avait aussi un autre bruit, un craquement, sur la gauche. Alec se tourna dans cette direction... et ne vit rien.

La chaleur restait lourde. Pas une plante ne bougeait. L'air était chargé d'odeurs douces, grisantes.

Alec se mit en marche. Le sentier devint si étroit que Black eut du mal à se faufiler entre deux haies de fougères. Les arbres étaient si serrés qu'ils interceptaient le soleil, ne laissant dans ce sous-bois qu'une clarté crépusculaire.

L'oiseau entonna un récitatif. Mais était-ce bien un oiseau ? Les notes étaient trop perçantes, trop... autoritaires ! Oui, c'était cela : autoritaires. Alec était de moins en moins certain qu'elles étaient dues à un oiseau. Et puis, d'où venaient-elles ?

Alec faillit retourner sur ses pas. Mais la curiosité l'emporta. Il voulait à tout prix des réponses aux questions qu'il se posait. Où menait le sentier ? Que faisaient en ce lieu la jument et l'homme qui, sûrement, l'accompagnait ?

Les notes perçantes cessèrent. Le silence retomba.

Cent mètres plus loin, le sentier aboutit à un canal d'eau sombre. Sur l'autre bord, qui avait été débarrassé des mauvaises herbes, Alec découvrit, creusées dans la terre molle, des empreintes de chaussures et de sabots !

« Maintenant, il est trop tard pour retourner ! » murmura-t-il.

Le canal n'était guère profond. Alec l'examina à droite, à gauche : pas d'alligators. Black ne se fit pas prier pour entrer dans l'eau. Ayant atteint le bord opposé, il voulut continuer. Non seulement

Alec l'en empêcha, mais il lui mit la main sur les naseaux. Il sentait qu'il fallait redoubler de précautions, jusqu'au moment où il saurait à quoi s'en tenir sur le propriétaire de la jument.

Le sentier, qui se prolongeait au-delà du canal, devenait peu praticable. Il serpentait entre des vignes sauvages, coupées grossièrement à la machette, sans doute quelques jours plus tôt, et qui, déjà, repoussaient avec la vigueur des plantes tropicales.

Dans cette jungle qui menaçait de se refermer sur lui, Alec éprouvait un certain malaise. Bien sûr, s'il sentait que le risque ne valait pas la peine d'être couru, il restait libre de faire demi-tour. Mais, en dépit de ses craintes, il ne pouvait s'y résigner. Depuis combien de temps était-il parti ? Seulement depuis les premières heures de la matinée ? Il lui semblait avoir changé de planète !

Enfin, le sentier se termina. À cet endroit, les vignes sauvages ayant été pareillement coupées, Alec et son cheval purent continuer à cheminer entre les arbres. Quelques minutes plus tard, ils virent devant eux une clairière beaucoup plus vaste que la première. En réalité, il s'agissait d'une prairie, qui se déroulait parallèlement aux marécages, comme un tapis d'herbe tondue.

Au loin, il y eut un plongeon d'oiseau, suivi par le cri d'une orfraie — très mystérieux dans cette solitude.

Alec, pour se reposer, s'adossa contre le tronc d'un chêne. Ce fut alors qu'il vit, à l'extrémité de la prairie, une lueur argentée et qu'il entendit un battement étouffé de sabots. Il s'avança prudemment dans cette direction, conscient que Black était tendu par une curiosité encore plus fébrile que la sienne.

Quand il atteignit la lisière de la clairière, il découvrit dans la prairie un homme basané, de haute taille, qui montait une jument grise.

Chapitre 4

Le capitaine

Alec, pressentant que Black allait hennir, lui remit la main sur les naseaux en murmurant :

« Non ! »

L'homme qui montait la jument grise était vêtu comme un simple ouvrier agricole : chemise de coton et pantalon décoloré. Il était coiffé d'un chapeau de paille à large bord d'où s'échappaient des cheveux aussi bruns que ceux d'un Indien. Pourtant, malgré les apparences, cet homme n'avait rien d'un modeste travailleur manuel.

À la façon dont il se tenait en selle — sans étriers ni éperons — ce ne pouvait être qu'un cavalier professionnel. Il restait très droit, tandis que sa jument trottait avec une grâce aérienne et exécutait volte après volte.

C'était évidemment le cavalier qui la guidait, non avec les mains, mais avec les genoux et les cuisses.

Alec sentait son cœur battre maintenant à un rythme précipité. Il lui semblait que la jument avait la légèreté et presque la transparence d'un fantôme. En fait, ce à quoi il assistait, au fin fond des Everglades, c'était... Eh bien, oui : à un exercice de haute école ! Jamais, aux États-Unis, il n'avait rien vu de comparable. En Europe seulement, il avait pu assister à un spectacle aussi remarquable : celui des célèbres Lippizans de Vienne.

Toutefois la jument qu'il pouvait admirer n'était pas un Lippizan. Elle mêlait dans ses veines le sang de plusieurs races, y compris celui des chevaux arabes. Pourtant, avec quelle aisance et quelle précision elle évoluait ! Le cavalier au visage de marbre sombre, immobile comme une statue, se savait-il observé ? Il n'y paraissait pas.

Il entreprit toute une série de figures que la jument accomplit à la perfection : piaffer, courbette, ballotade, cabriole, saut en liberté, croupade.

Alec, fasciné, était demeuré à la lisière de la clairière. Enfin, après s'être levée sur ses postérieurs et être restée à la verticale pendant presque une minute, la jument grise retomba sur ses antérieurs.

C'est ce moment que Black, sans laisser à Alec le temps d'intervenir, choisit pour lancer un hennissement, auquel la jument répondit. Cependant, le cavalier ne broncha pas, ne se tourna même pas dans la direction des intrus.

De nouveau, Black hennit, en grattant le sol du sabot. Cette fois, l'homme se tourna, enleva son chapeau et s'approcha.

« Bonjour », lança-t-il d'une voix grave.

Alec se garda bien de bouger. Maintenant, il se souvenait du conseil qu'Henry Dailey lui avait donné à son départ : « Avant toute chose, arrange-toi pour ne pas laisser Black au voisinage des juments. »

Le cavalier chevauchait tête haute. Ses épaules étaient très larges, ses jambes longues, ses bras robustes, sa taille étroite. À première vue, il devait mesurer un mètre quatre-vingt-dix. C'était, à n'en pas douter, un homme de cheval passé maître dans un art difficile. Alors, pourquoi était-il vêtu comme un ouvrier agricole ? Et pourquoi se trouvait-il à cet endroit ?

Ses yeux interrogeaient : « Êtes-vous satisfait de ce que vous avez vu ? » Cependant, leur regard restait froid. Alec savait qu'il ne pouvait plus se dérober. La seule solution était de faire face.

Après un coup d'œil à la jument, il dit au cavalier :

« Je vous ai admiré. Je n'ai jamais rien vu d'aussi beau.

— Ce que je fais est vieux comme le monde, repartit le cavalier. Mais, vous, vous avez perdu beaucoup de temps. »

Alec, étonné, fronça les sourcils. Sur le visage aux pommettes saillantes et au nez un peu épaté de son interlocuteur, il chercha une explication des paroles qu'il venait d'entendre. Il ne put rien déchiffrer. D'ailleurs, le cavalier ne semblait plus s'intéresser qu'à Black.

Soudain, l'étalon noir bondit et heurta du poitrail la jument. Énergiquement, tout en lui parlant comme il avait coutume de le faire en bien d'autres circonstances, Alec le ramena en arrière.

Cette fois, le cavalier eut une expression irritée. Quant à la jument, elle s'était cabrée sous le choc. Pour la calmer, le cavalier la flatta.

« Je suis désolé de ce qui est arrivé, dit Alec.

— Il fallait s'y attendre, répondit le cavalier en recommençant à examiner l'étalon noir. Il est agréable d'entendre parler aux animaux comme vous le faites. Votre langage est des plus simples. Pourtant, peu de gens savent que c'est le seul moyen d'être compris. »

Alec avait l'habitude de voir des professionnels scruter son cheval en connaisseurs. Et il ne se gênait pas pour procéder de la même façon avec les chevaux des autres. Aussi examina-t-il à son tour la jument. La ligne était harmonieuse. Encolure arrondie, finesse des membres : tout cela indiquait l'origine arabe. Sauf la tête, qui était moins arabe qu'espagnole. Le poitrail était large, comme celui des Lippizans. La taille ? Relativement haute. Et les proportions parfaites. Bref, une jument dont Alec aurait bien voulu être le propriétaire.

Le cavalier mit pied à terre et se présenta :

« Capitaine Philippe de Pluminel. »

Alec prit la main qu'on lui tendait et répondit en souriant :

« Mon nom est Alec Ramsay. »

Il croyait que le capitaine allait lui rendre son sourire. Il n'en fut rien. Comme le visage basané restait impassible, Alec pensa : « N'insistons pas trop. S'il lui plaît de me faire des confidences, il m'en fera. Sinon, tant pis. »

La jument recommença de s'agiter, secoua la tête et souffla d'impatience. Le capitaine de Pluminel s'employa à l'apaiser, mais sans quitter du regard l'étalon noir.

« Votre cheval est magnifique, monsieur Ramsay, dit-il. Je l'ai déjà vu. C'était à la télévision, le mois dernier. Je séjournais en Suède. Et c'est vous qui le montiez. Toutefois, je ne croyais pas que... »

Il s'arrêta et, miracle ! ses yeux exprimèrent quelque chose comme de l'étonnement.

Alec était habitué à provoquer de la surprise chez ceux qui ne le connaissaient pas. Il ne correspondait guère à l'image qu'on se faisait d'un jockey prospère et célèbre. D'abord, il paraissait trop jeune — bien qu'il se jugeât souvent plutôt mûr. En outre, ce jour-là, il portait un vieux blue-jean et des bottes usées. Cependant, il était en quelque sorte rassuré par l'étonnement que manifestait le capitaine.

« Je vous prie de m'excuser, ajouta celui-ci en souriant pour la première fois. En vous voyant au côté d'un tel cheval, j'aurais dû comprendre tout de suite.

— Je vous en prie, ne vous excusez pas, dit Alec. Pour vous comme pour moi, cette rencontre est fortuite. »

Et, se payant d'audace :

« Vivez-vous ici ? »

La réponse, accompagnée du même sourire, ne se fit pas attendre :

« Seulement pour peu de temps. Je vis en France. Mais je suis chez moi partout où un cirque donne des représentations. Actuellement, j'ai un

contrat avec le cirque américain Barnum and Bailey, dont la tournée commence en avril. »

Pour Alec, tout était clair maintenant. Le cirque Barnum and Bailey passait en général l'hiver à Venice, ville située à quelques dizaines de kilomètres, dans la partie nord de la Floride. C'était là que se rendait le capitaine. Mais pourquoi avait-il fait halte dans ce hammock ? « Sans doute, pensa Alec, n'est-il ici que pour entraîner sa jument en toute tranquillité. Dans ce cas, notre rencontre n'a rien qui puisse m'inquiéter. Elle est vraiment fortuite. »

En sentant que Black se serrait avec insistance contre lui, il déclara :

« Il faut que je parte tout de suite.

— Pourquoi ? fit le capitaine. Nous n'aurons pas d'ennuis. Il suffit que nous séparions votre étalon de ma jument. »

Et, soudain pressant :

« Je désire vivement que vous restiez. »

Sans répondre, Alec se tourna vers lui.

« Je vous en prie, monsieur Ramsay, insista le capitaine, restez... ne serait-ce que pour partager mon déjeuner.

— Votre déjeuner ? »

Alec était stupéfait. Une invitation, comme en ville... au milieu de ces marécages ! Il regarda autour de la prairie et ne vit rien qu'une végétation exubérante, surtout des mangliers qui se découpaient sur le bleu du ciel.

« Ma maison est à deux pas d'ici, reprit le capitaine. Vous devez être fatigué. Un peu de détente vous fera du bien, ainsi qu'à votre cheval, avant de vous remettre en route. Comme je vous le disais, nos chevaux ne nous poseront pas de problème. Nous sommes, vous et moi, des professionnels, n'est-ce pas ? »

Sans attendre une réponse, tenant par la bride sa jument, il se mit en marche vers les mangliers. Après une hésitation, Alec le suivit. Il préférait ne pas trop réfléchir et obéir simplement à sa curiosité. Car il désirait en savoir un peu plus long sur ce capitaine de Pluminel. « Et puis, il a raison, songeait-il. Nous avons besoin, Black et moi, d'une heure de détente. »

Le capitaine était aussi souple quand il marchait que lorsqu'il se tenait en selle. Malgré sa taille et son poids, il se déplaçait d'un pas glissant, comme celui d'un félin. Il s'enfonça entre les mangliers dans un chemin assez large. Pas une fois il ne se retourna pour voir si Alec le suivait. C'était un homme qui, sans doute, avait coutume d'être obéi en tous points.

Alec serrait fortement la longe de Black. Il éprouvait certes toujours la même curiosité, mais il s'y mêlait maintenant une vague appréhension... qu'il s'emploierait à cacher soigneusement, s'il le fallait. Car il avait appris, lui aussi, à ne jamais trop montrer ses sentiments.

Le chemin déboucha sur un jardin admirablement fleuri : poincianes, hibiscus, etc. Au fond du jardin et au bord d'un marécage, se dressait la maison. Elle était à demi cachée derrière une haie d'arbustes. Ce fut vers elle que se dirigea le capitaine. Alec lui emboîta le pas.

À première vue, elle avait l'aspect d'une ferme, mais bâtie sur pilotis, probablement pour la protéger de l'humidité. Lorsqu'il en fut un peu plus près, Alec se rendit compte qu'il ne s'agissait en aucune façon d'une ferme. Le toit, surmonté d'une sorte de tour, descendait presque jusqu'au sol ! Cette singulière habitation, dont les murs étaient faits avec des rondins de cyprès, semblait avoir été construite par un architecte fantaisiste.

Sans un mot, le capitaine contourna la maison et se dirigea vers une écurie.

Alec attendit que la jument fût installée dans ce bâtiment. Black, mécontent qu'elle ne restât pas près de lui, grattait le sol en poussant de sourds grognements.

Lorsque le capitaine, en revenant, dit à Alec : « J'ai un autre endroit pour votre cheval », ces mots lui parurent avoir été prononcés sur un ton ambigu. Alec se trompait-il ? Pour la première fois, il éprouva vraiment de la crainte... une crainte qu'il balaya aussitôt en se moquant de lui-même.

Derrière l'écurie, il y avait, dans un groupe de palmiers, une grange assez basse, badigeonnée au lait de chaux. Le capitaine ouvrit les deux battants de la porte. La grange était vide, le sol en terre battue. Oui, à la rigueur, cela pouvait servir d'écurie.

« Votre cheval sera très bien ici, dit le capitaine. Nous allons lui donner de l'eau et du foin. »

Deux minutes plus tard, Alec accompagnait son hôte vers la maison. Sans trop savoir pourquoi, il avait l'impression d'un jeu étrange entre cet homme et lui. C'était en quelque sorte à qui commencerait à se confier à l'autre. Car, en somme, ils n'avaient échangé jusque-là que des banalités. Or, Alec était bien résolu à ne pas parler le premier.

Après avoir escaladé les marches de l'entrée, il remarqua des signes singuliers, des symboles peut-être, qui avaient été gravés dans le chêne de la porte. Les volets des rares fenêtres étaient tous fermés, l'intérieur de la maison était obscur. Alec se retrouva dans une vaste salle de séjour au plafond soutenu par des poutres grossièrement taillées. À gauche, il y avait une grande cheminée où brûlait un feu de bois.

Bien que la journée fût chaude, et malgré ce feu, la maison était glaciale. Alec frissonna, moins sous l'emprise du froid que d'un malaise croissant.

Le capitaine appela en français :

« Odin ! Odin ! Où es-tu ? »

Alec connaissait peu cette langue, mais assez

pour comprendre l'interrogation. Le capitaine ne vivait donc pas seul ? Qui était cet Odin ?

Le capitaine s'avança vers la pièce voisine. Alec le suivit : cette pièce était la cuisine. Mais il n'y vit personne. Et, comme le capitaine pénétrait dans une autre pièce donnant sur la cuisine, Alec le suivit encore. Là aussi, les volets étaient fermés. Dans la pénombre, à la lueur d'une lampe à pétrole, Alec découvrit un vieillard assis dans un fauteuil à dossier droit. Le capitaine lui parlait rapidement, toujours en français.

Cette fois, Alec n'essaya même pas de comprendre. Ce qui le surprenait était l'aspect de ce vieillard nommé Odin. Celui-ci était coiffé d'un grand chapeau de feutre noir cabossé et tenait à la main une longue baguette pointue.

Alec, qui était resté sur le seuil, faillit reculer en voyant le vieillard se lever et marcher vers lui. Odin portait une blouse rouge à liséré doré, un pantalon de velours et des bottes courtes. Il posa sur le jeune garçon un regard ferme. Le capitaine s'était retourné, comme s'il voulait observer la scène. « En fin de compte, quels sont ces gens ? » se demandait Alec. Le vieil Odin, par exemple, était-il un Nègre ou un Indien ?... Sa peau, striée de rides, semblait craquelée par le soleil. Mais ses yeux n'étaient pas éteints. Au contraire ! Alec en sentait la brûlure : « Où suis-je tombé ? Où suis-je tombé ? » se demanda-t-il.

Un bon moment, le vieillard continua de le dévisager. Puis, soudain, il porta sa large main brune à sa poitrine, dans un geste qui semblait une façon de saluer. Alors, le capitaine expliqua :

« Je lui ai dit que vous étiez mon invité. Vous n'avez rien à redouter de sa part. C'est un très, très vieil homme. »

Ces propos, qui se voulaient rassurants, ne diminuèrent pas le malaise d'Alec.

« Vous savez, continua le capitaine, il m'est encore très utile, malgré son âge. Il va et vient à sa guise et n'exige rien d'autre qu'on le laisse tranquille. Je vous en prie, serrez-lui la main. »

À contrecœur, Alec prit la main que le vieillard lui tendait... une main froide qui, bien qu'apparemment forte, semblait incapable de la moindre pression. Alec eut la même sensation qu'au contact d'un mort. Et il se demanda s'il réussirait à cacher son trouble jusqu'au bout.

Il regagna avec son hôte la salle de séjour. Le capitaine lui mit un bras autour des épaules et dit avec chaleur :

« Maintenant, nous allons déjeuner et bavarder. Les sujets ne nous manquent pas ! »

Alec leva la tête vers lui. Mais les yeux sombres et fixes du capitaine n'exprimaient aucune pensée. Toutefois, le jeune garçon se souciait peu, désormais, d'apprendre quoi que ce fût et de percer le mystère qui l'environnait. Sa seule idée était de partir. Il commençait à juger que, des deux hommes qui habitaient cette sinistre propriété, le plus redoutable était probablement le capitaine.

Chapitre 5

Entre professionnels...

Alec découvrit que son désir de partir n'était pas une surprise pour le capitaine. Et, à certains indices, il s'aperçut même que son hôte l'avait prévu dès le début. Ce regard fixe, le silence de la salle de séjour... tout cela contribuait, non à lui inspirer une peur panique, mais à le rendre circonspect. « Est-ce que le capitaine est vraiment dangereux ? se demandait-il. Après tout, la raison de mon inquiétude réside peut-être dans l'atmosphère de cette maison et dans la présence du singulier vieillard qui semble se cacher dans une pièce retirée ? » Jamais, comme ce jour-là, il n'avait été sensible à des détails qui, en temps normal, lui auraient paru insignifiants. Son cerveau était envahi par un tourbillon d'images contradictoires.

Le capitaine sourit. Un mince sourire, un peu

grimaçant. Alec n'en changea pas moins d'avis sur son hôte. Il s'était trompé. Il ne devait pas se méfier de cet homme. Un original, certes. Mais on ne pouvait en aucune façon le soupçonner de folie.

« Cette maison n'est pas gaie, je le sais, reprit le capitaine. Elle a plus été construite pour la protection que pour la lumière. Toutefois, je peux la rendre agréable. »

Il ouvrit la porte de chêne, puis les volets. Aussitôt, le soleil inonda la salle.

Un peu rasséréné, Alec demanda hardiment :

« Qui est Odin ? »

Le capitaine avait-il prévu cette question ? Il répondit sur-le-champ :

« Mon grand-oncle. Il descend des Caraïbes, non des Séminoles. Les Caraïbes étaient des guerriers féroces. Ils connaissaient la Floride bien avant l'ère chrétienne. »

Le capitaine n'ajoutant rien, Alec estima plus sage de se taire.

« Maintenant, allons déjeuner, reprit aimablement le capitaine. Je vous prie de m'excuser un moment. Et considérez-vous comme chez vous. »

Il quitta la salle, d'un même pas souple de félin.

Alec s'approcha de la cheminée et s'assit dans un fauteuil. Il était condamné à rester jusqu'à la fin du déjeuner. Il regarda autour de lui et constata que les meubles étaient peu nombreux. Cette maison ne devait pas être souvent habitée. Sur une table, il y avait un électrophone à piles avec quelques disques. Le capitaine devait aimer la musique. Peut-être emportait-il cet électrophone dans ses voyages ?

La maison n'ayant pas l'électricité, c'était une grosse lampe à pétrole, pendue au plafond, qui assurait l'éclairage. Sur la table placée sous une lampe, il y avait plusieurs livres. Alec en choisit un. Il s'agissait d'un traité d'équitation écrit par le capitaine. Mais ce traité était rédigé en français et Alec se borna à en déchiffrer le titre puis le referma.

Il allait choisir un autre livre — une traduction d'un ouvrage sur la conquête espagnole de la Floride — lorsque le capitaine reparut, portant un plateau qu'il déposa sur la table. Alec vit plusieurs viandes en conserve et des fruits frais. Alors, il se rendit compte qu'il avait faim.

Le capitaine lui montra une chaise et s'assit à son tour. Pendant deux ou trois minutes, ils mangèrent sans parler. Enfin, Alec rompit le silence.

« Vous êtes passionné d'équitation, dit-il en montrant les livres. L'êtes-vous aussi de l'histoire de la Floride ?

— Mon intérêt pour la Floride est assez récent, répondit le capitaine. Par Odin, j'ai appris que mes ancêtres vivaient aux côtés des Blancs pendant la conquête. »

Il ajouta sans amertume ni hostilité :

« Comme esclaves, naturellement. »

Puis, après une courte pause et non sans fierté :

« En réalité, l'un de mes ancêtres fut le chef des guides du conquistator Pedro de Avillès. Oublié injustement par les historiens, c'est pourtant Pedro de Avillès qui fonda la ville et le port de Saint-Augustin, sur l'Atlantique. Et il entreprit dans les Everglades de nombreuses explorations. Il n'aurait pu les mener à bien sans l'aide de mon ancêtre, qui était un guerrier caraïbe. »

Alec, très surpris de ces révélations, se demandait : « S'il est ici, n'est-ce pas simplement pour retrouver les traces d'un ancêtre mort depuis plus de quatre siècles ? »

En même temps qu'il se posait cette question, il détaillait, presque malgré lui, le visage de son hôte. À n'en pas douter, le capitaine était un métis, issu du croisement des races noire et indienne et peut-être d'autres races encore...

« Vous paraissez plus qu'étonné, Alec, dit-il. Vous semblez effrayé. Pourtant, il n'y a aucune raison de penser qu'un homme comme moi soit nécessairement fourbe et sans scrupule. »

Puis, reprenant ses explications, il ajouta :

« En leur temps, les Caraïbes furent des conquérants. Venus de la jungle amazonienne, ils se sont emparés d'Haïti et d'autres îles, avant de tomber en esclavage. Leur sort est comparable à celui des Africains qui furent arrachés à leur pays pour venir travailler au Nouveau Monde. »

Sur ces mots, comme si la conversation était terminée, le capitaine se leva et entreprit de débarrasser la table. Mais, soudain, il s'interrompit, se laissa retomber sur sa chaise et ajouta :

« Ainsi, je suis à la fois Caraïbe, Africain, Portugais, Français et Haïtien. »

Et il conclut en souriant largement pour la première fois :

« Drôle de mélange, n'est-ce pas ?

— En effet », approuva Alec.

Il aida son hôte à porter les couverts et les

assiettes dans la cuisine. Cette conversation détendue l'avait, en partie du moins, délivré de ses appréhensions.

« Vous parlez parfaitement l'anglais, dit-il.

— Parfaitement, non : passablement, répondit le capitaine en lavant les assiettes sous le robinet de l'évier. Le cirque permet de voyager et d'apprendre certaines langues.

— Et Odin ? questionna Alec dont la curiosité restait vive. Il habite ici ? Vous êtes venu pour le voir ? »

Le capitaine eut un bref froncement de sourcils. Et, visiblement, il dut faire un effort pour rester aimable.

« Absolument pas, répondit-il. Odin vit à Haïti. Il connaissait ce hammock. Nous y sommes venus ensemble. »

Alec estima plus prudent de ne pas insister. D'ailleurs, il avait le temps. Les éclaircissements, si on le voulait bien, lui seraient fournis au moment propice. Pour lui, le capitaine avait cessé d'être un personnage impressionnant et vaguement suspect. Quant à Odin, il le considérait comme un vieillard faible d'esprit, mais inoffensif.

La vaisselle terminée, les deux hommes regagnèrent la salle de séjour. Alec et son hôte s'assirent face à face.

« Il m'est agréable d'avoir pour invité un cavalier de profession, dit le capitaine. J'ai toujours eu du respect pour ceux qui montent en course. Il leur faut beaucoup d'habileté et de courage.

— Tout jockey sait qu'il s'expose à des dangers, répondit Alec. Mon métier me plaît. Je n'en voudrais pas d'autre.

— Oui, il faut l'aimer pour risquer, à chaque épreuve, des blessures graves et quelquefois la mort. Combien pesez-vous ?

— Un peu plus de cinquante kilos.

— Moi, presque le double. D'ailleurs, c'est beaucoup trop.

— Ce que vous faites est différent de ce que je fais », reprit Alec en souriant.

Maintenant qu'on parlait chevaux, il se sentait entièrement détendu, confiant...

« Je préfère former un cheval plutôt que de le briser, précisa le capitaine. Les animaux que vous montez ont en général la bouche dure.

— Pas nécessairement ! protesta Alec. Black, par exemple, n'a pas du tout la bouche dure. Il réagit au plus léger appel des rênes. Et je me sers, comme vous, de mes mains et de mes jambes. Je ne m'en sers peut-être pas aussi bien que vous ni de la même façon. Mais n'obtenons-nous pas un résultat à peu près identique ? »

Le capitaine hocha la tête :

« Si je comprends bien, Black est non seulement le cheval que vous montez en course, mais il partage aussi votre vie. »

À ce moment, la conversation fut interrompue par Odin. Le vieillard, sans même paraître les apercevoir, traversa la salle et sortit. Alec eut le temps d'observer qu'il avait quitté sa blouse, mais qu'il était toujours coiffé de son feutre cabossé. Sans sa blouse et surtout sans sa baguette pointue, il était plus banal.

Le capitaine le suivit du regard jusqu'à ce qu'il eût disparu et se retourna vers Alec :

« Vous êtes seul avec votre cheval en Floride ?

— Seul ? répéta Alec. Pas exactement. »

Il n'en dit pas plus. « Avant de savoir tout de moi, pensait-il, commence donc par me donner plus d'éclaircissements sur toi-même. » Car le jeune garçon désirait savoir pourquoi le capitaine s'était installé dans ce hammock isolé des Everglades.

« Vous avez dit qu'Odin va où il lui plaît, dit-il. Cela ne vous ennuie pas ?

— Je vous ai dit également que, malgré son âge, il était très solide. Il connaît mieux que moi les marécages. Il parle la langue séminole, de sorte qu'il s'est lié d'amitié avec des Indiens du village le plus proche. »

Le capitaine s'interrompit, et une lueur dansa dans ses yeux sombres. Puis, ayant pris sans doute sa décision, il continua :

« Comme les Séminoles, Odin est assez hostile au monde extérieur. Il déteste par-dessus tout les Blancs qui ont commencé le drainage des Everglades. C'est la raison pour laquelle je lui ai annoncé que vous étiez mon ami et que je vous ai prié de lui serrer la main.

— Je comprends cette hostilité, dit Alec. Toutefois, je ne crois pas qu'on parvienne à assécher les marécages. Ils sont trop vastes.

— Je souhaite que vous ayez raison. N'empêche que les travaux progressent. Moi aussi, je désapprouve cette nouvelle conquête des Blancs. Il ne se passera pas longtemps avant que... »

Brusquement, le capitaine s'arrêta. Était-il allé trop loin ? Un instant, il resta le regard dans le vague. Enfin, se ressaisissant :

« Assez parlé de cela, Alec. Voyons, que disions-nous ? Ah ! oui, il était question de vous et de votre cheval. Vous disiez, n'est-ce pas, que vous n'étiez pas seul en Floride ? »

Alec s'efforça de ne pas sourire. Toutefois, comme l'échange de renseignements avait commencé, et que c'était son tour de se confier, il s'exécuta :

« Non, nous ne sommes pas seuls. Nous sommes installés au Sugar Ranch. Nous y sommes depuis un peu plus d'une semaine. Nous nous reposons après avoir couru sur l'hippodrome de Miami. Henry Dailey, mon associé et entraîneur, s'est rendu il y a quelques jours dans le Nord. Il désire examiner des yearlings. Mais il revient bientôt. Ensuite, nous irons à New York pour y préparer la saison des courses de printemps, à l'hippodrome d'Aqueduct. »

Tout sourire envolé et le visage de nouveau dur, le capitaine lança :

« Je comprends. Donc, vous êtes seul avec votre cheval. »

Alec fut repris du même malaise qu'auparavant. « Que veut-il dire ? se demandait-il. On attend mon retour au ranch pour le début de l'après-midi. Ce n'est pas cela qu'on appelle être seul ! » Cependant, malgré son malaise, il éprouvait pour son hôte plus de sympathie qu'au début, et une sorte de confiance. En effet, petit à petit, il glanait sans le vouloir quelques renseignements. Et il espérait bientôt savoir à peu près tout sur cet homme singulier.

« Courir est un dur métier, dit-il. Nous sommes sans cesse sur la brèche. Je suppose que le cirque a les mêmes exigences ?

— Oui. Les âmes timides n'ont que faire dans nos professions.

— Timides ? répéta Alec. Je n'avais jamais pensé à cela. Néanmoins, je crois que vous êtes dans le vrai. Si l'on monte en course comme un enfant, mieux vaut rester chez soi.

— C'est la même chose au cirque ! La timidité n'y a pas sa place. Permettez-moi de vous montrer de vieilles gravures que j'ai ici. »

Le capitaine alla vers un coffre placé près de la cheminée. Il souleva le couvercle, prit dans le coffre un carton à dessin et en tira des gravures qu'il disposa sur la table. Alec vit des cavaliers et leurs montures qui traversaient des cercles de feu, ou franchissaient d'un bond des éléphants et des tigres. Ces gravures dataient du premier quart du XVIIIe siècle. Il y en avait une qui intriguait particulièrement le jeune garçon. Elle représentait un beau cheval blanc, pourvu d'ailes, qui volait pardessus quatre autres chevaux.

« Celui-là est sans doute Pégase ? demanda Alec.

— Évidemment. Ce numéro fut réalisé plus tard, en 1800, à Londres, par Antonio Franconi. À l'époque, le mythe du cheval ailé était très apprécié des spectateurs. »

Alec remarqua que les ailes étaient attachées à une sangle étroite, à peu près invisible. Vraiment, le cheval paraissait voler. Pas étonnant que ce numéro eût remporté un grand succès. En serait-il de même aujourd'hui ? C'était peu probable. Les spectateurs avaient les pieds sur la terre. Ils ne s'intéresseraient plus à un cheval ailé. Et ils éclateraient de rire à sa vue.

Lorsque le jeune garçon l'eut fait remarquer au capitaine, celui-ci demanda :

« Mais vous, Alec, croyez-vous à la mythologie ?

— J'y crois plus que la plupart des gens. J'y ai beaucoup pensé, surtout à Pégase, naturellement. Lorsque j'étais enfant, je montais un cheval ailé, imaginaire. Il m'a emmené dans les cinq parties du monde.

— Ça ne m'étonne pas. Mais, maintenant que vous n'êtes plus un enfant, quelle est votre opinion sur la mythologie ? Selon vous, n'aurait-elle pas ses racines dans la réalité ? »

Alec réfléchit, puis :

« J'ai lu que les hommes primitifs attribuaient à beaucoup d'animaux des pouvoirs plus grands que les leurs. Ils croyaient que certains dieux prenaient la forme d'un animal lorsqu'ils descendaient sur la terre. C'est ainsi, je suppose, que Pégase est né. Ma réponse vous satisfait-elle ?

— Euh... partiellement, dit le capitaine en restant les yeux fixés sur la gravure représentant le numéro d'Antonio Franconi. Car il faut vous souvenir que, longtemps, presque jusqu'à notre époque, l'humanité a cru à un monde magique où les animaux et les hommes étaient interchangeables. »

Et, soulevant la gravure, il l'examina avec une attention redoublée et ajouta :

« Tous les animaux n'étaient pas aussi beaux que Pégase, si bien que les hommes se sauvaient, terrifiés, à leur apparition. »

Le capitaine avait prononcé ces derniers mots avec emphase. Cependant, Alec ne parvenait pas à le prendre au sérieux. Ce qu'il avait sous les yeux, qu'était-ce au juste ? Un simple numéro de cirque, mis au point dans un seul dessein : gagner de l'argent.

« Allons, capitaine ! Tout cela n'est que contes de bonnes femmes... auxquels personne ne croit.

— Et c'est bien dommage », murmura le capitaine.

Sur le moment, Alec se dit : « Il regrette qu'un cheval ailé n'ait plus sa place dans un cirque moderne. » Mais il fut vite détrompé, car le capitaine ajoutait déjà :

« Il est possible que des... créatures légendaires — je ne trouve pas d'autre mot — aient été formées avec des animaux qui existent réellement.

— En effet, dit Alec. Par exemple, le dragon féroce. C'est un survivant de la préhistoire.

— Oui... mais les animaux surnaturels ? demanda le capitaine à mi-voix. Le griffon, qui est moitié aigle, moitié lion ? Et l'hippogriffe qui a le corps d'un cheval, les ailes et le bec d'un aigle, et les griffes d'un lion ? Au Moyen Age, des écrivains ont affirmé leur existence.

— Ces animaux sont nés de l'imagination humaine, objecta Alec. Ils ne sont pas plus vrais que le Centaure qui, lui, est moitié homme, moitié cheval, Tout cela, que nous avons hérité des Anciens, appartient à la fable.

— Peut-être... » dit le capitaine en prenant une autre gravure et en la tendant à Alec.

Sur cette gravure, on voyait une piste de cirque. Un homme, costumé en démon, conduisait, debout sur les deux derniers, au moins vingt chevaux.

« Encore quelque chose qui est sorti de notre imagination, dit Alec en montrant le pseudo-diable. N'importe, c'est un exploit de conduire un si grand nombre de chevaux. Mais cet homme a-t-il vraiment fait cela ?

— Il l'a fait, répondit le capitaine. Mon arrière-grand-père l'a vu à Paris, à l'Hippodrome[1], en 1860. »

1. L'Hippodrome était un cirque parisien, construit en 1845 près de l'Arc de Triomphe. Il fut détruit en 1870 par un incendie.

Il y avait des douzaines de gravures dans le carton. Toutes représentaient des chevaux dans des exercices variés. Chacune fut l'objet d'un commentaire, d'une discussion. De sorte que plusieurs heures passèrent, sans qu'Alec s'en aperçût.

Soudain, alors qu'il était penché sur une gravure, un long grondement de tonnerre le fit se redresser. Il consulta sa montre et dit :

« Je ne me rendais pas compte qu'il était si tard. Déjà plus de quatre heures ! Il faut que je parte. Merci pour le déjeuner et pour tout le reste. »

Puis, avec un coup d'œil de regret aux gravures :

« Me permettrez-vous de revenir ? »

Cette question, il l'avait posée d'un ton discret. Car il devinait que le capitaine était épris de solitude. « Il est comme moi, songeait-il. Il n'aime vraiment que la compagnie des chevaux. »

« Vous serez le bienvenu quand il vous plaira, répondit le capitaine. J'avais espéré que vous resteriez plus longtemps. »

Les fenêtres étaient encore illuminées par le soleil. Il y eut cependant, au loin, un deuxième coup de tonnerre.

« Je ne tiens pas à être pris dans un orage, ajouta Alec. Je suis déjà en retard. On va s'inquiéter de moi. »

Il s'approcha de la porte. À l'extérieur, la chaleur était plus lourde que jamais. Au sud, juste au-dessus des herbes des marécages, une lueur bizarre éclairait de gros nuages.

« Je doute qu'il pleuve, et pourtant nous en aurions besoin, dit le capitaine en descendant derrière le jeune garçon les marches du perron. Il y aura du vent, des éclairs. Mais, de la pluie, non. Je n'en sens pas dans l'air.

— Peu m'importe d'être mouillé, dit Alec. En revanche, je déteste les éclairs. »

Le capitaine parut surpris :

« Quoi, vous auriez peur, vous qui avez le courage de participer à des courses parfois dangereuses ? »

Sans ralentir le pas, Alec sourit à cette comparaison :

« Un orage et une course sont très différents. Ils n'exigent donc pas le même courage, puisque vous employez ce mot. Si je redoute la foudre, c'est que je l'ai vue tuer des animaux au pâturage. En outre, mon cheval et moi, nous nous sommes trouvés pris deux ou trois fois dans la tourmente. De tels souvenirs sont difficiles à oublier.

— Eh bien, il vaudrait mieux que vous restiez. Après tout, vous avez probablement raison. Regardez, ces nuages s'avancent vers nous ! »

Un instant, Alec examina le sud. Puis il se retourna vers le capitaine. Celui-ci ne lui inspirait plus la moindre crainte. C'étaient ses yeux qui l'intriguaient, avec leur expression pensive, voilée... comme lorsqu'on veut une chose qu'on a décidé de tenir secrète.

Et Alec se disait : « Nous voilà amis. N'empêche que nous sommes sur nos gardes. Il y a toujours de la méfiance entre nous. Le capitaine, c'est évident, souhaite que je reste. L'examen prolongé des gravures n'a-t-il pas été une manœuvre pour retarder mon départ ? Cependant, pourquoi ne me laisse-t-il pas partir, alors qu'il semble se plaire à être seul dans ce coin perdu ? Oui, pourquoi ? »

Alec aurait aimé apprendre une foule de détails encore. Malheureusement, le temps lui était mesuré. Peut-être reviendrait-il dans quelques jours, ainsi qu'il l'avait dit au capitaine. Maintenant, il avait cessé de marcher. Il pressait le pas, courait presque. Il n'avait qu'une idée : reprendre son cheval et fuir ces lieux immédiatement. En route, il déciderait s'il reviendrait ou ne reviendrait pas.

Chapitre 6

L'orage

Les roulements du tonnerre se rapprochaient. Les nuages s'avançaient si vite qu'ils commencèrent à cacher le soleil. Alec, n'y pouvant tenir, s'élança vers la grange où il avait laissé Black. Il avait vécu de nombreux orages au cours de ses voyages. Chaque fois, il réagissait de la même façon : un sentiment d'impuissance dont il n'avait pas honte l'envahissait. Ce sentiment, voisin de l'angoisse, il n'avait jamais réussi à le surmonter.

« Au moins, attendez que ce soit fini, proposa le capitaine en courant à son côté.

— Non, répondit Alec. Je crois que je m'en tirerai.

— Dans ces conditions, à votre aise. »

Un éclair violent déchira le ciel au moment où ils allaient atteindre la grange.

« Jamais vous n'y arriverez, insista le capitaine.

Il est préférable que vous restiez à l'abri, vous et votre cheval. D'ailleurs, les orages de ce genre se terminent souvent en quelques minutes. »

Alec regarda de nouveau vers le sud : le vent croissait et les éclairs se multipliaient sur les marécages. S'il partait maintenant, il risquait de perdre le sens de l'orientation, bref d'avoir de graves ennuis. D'autre part, s'il restait, il se trouverait bloqué jusqu'à une heure tardive... ou matinale. Car cet orage ne semblait pas devoir se terminer en quelques minutes, contrairement à l'opinion du capitaine.

Il prit néanmoins la décision de rester, juste à l'instant où un éclair perçait un nuage qui lui sembla presque au-dessus de lui. Il eut à peine le temps de courber la tête. La foudre tomba à une trentaine de mètres. D'un même mouvement, le jeune garçon et le capitaine bondirent en direction de la grange.

Un deuxième éclair illumina la cour, mais déjà, le capitaine ouvrait les portes et disait :

« Vite, Alec, vite ! »

Ils franchirent le seuil et refermèrent les portes derrière eux.

Black hennissait. Alec se précipita vers lui. L'orage affectait l'étalon noir autant que son jockey. Et, dans ces instants-là, ils puisaient l'un près de l'autre un réconfort. En tout cas, Alec s'arrangeait pour tenir compagnie à Black dès que les éléments se déchaînaient. Afin de le rassurer, il caressa sa puissante encolure.

Troisième éclair. Au sommet des portes, la vitre de l'imposte se teignit d'une lueur de fournaise. Le ciel était sillonné de rayons éblouissants. Et, toujours par l'imposte, Alec constata qu'une armée de nuages énormes, venant du sud, se rapprochaient sans répit.

« Bientôt, dit-il, la pluie tombera. Alors, les choses s'arrangeront. »

Mais le capitaine était sceptique :

« La pluie ?... Non. Il y a encore trop d'électricité dans l'air. »

Soudain, un autre éclair... Et la foudre fracassa un palmier de la cour. On aurait juré qu'une cascade de feu s'abattait sur la terre et les marécages.

« Je n'ai jamais eu peur d'un orage, reprit le capitaine. Les gens du cirque voyagent souvent dans des pays dont ils ne savent rien et dont ils ignorent les coutumes. Ils sont exposés à de nombreux dangers. Il faut bien aller là où l'on gagne sa vie ! »

Alec regarda son hôte.

« Votre jument, elle aussi, a dû beaucoup voyager, dit-il.

— Il a bien fallu, répondit le capitaine. Elle partage le sort de beaucoup d'animaux de cirque. Toutefois, je dois reconnaîtrc qu'elle possède des qualités particulières. Elle se plaît aux déplacements. Je dirais même qu'elle les aime. »

Chaque fois qu'un roulement de tonnerre secouait la grange, Black s'agitait. Alec l'apaisait par des caresses. Les nuages semblaient peser sur le hammock. Mais la pluie ne se décidait pas à tomber. Il n'y avait que du vent, des éclairs et du tonnerre.

« Si vous n'éprouvez aucune crainte, suggéra

Alec, c'est peut-être parce que cet orage tropical est le premier que vous subissez.

— Peut-être, dit le capitaine. À cette époque de l'année, nous sommes en général en Europe, bien que le cirque n'y soit plus guère florissant. En Allemagne, par exemple, le cirque a pratiquement disparu. La télévision l'a tué. En Irlande, l'an passé, nous avons fait une excellente tournée. Dans le pays, il n'y a pas beaucoup de téléviseurs et les enfants y sont extrêmement nombreux. Le cirque est fait pour les enfants. »

À l'extérieur, c'était comme un bombardement continu, et les éclairs étaient si nombreux que le paysage demeurait en permanence illuminé. L'un d'eux manqua de peu la grange. L'espace de deux ou trois secondes, Alec sentit dans son corps le picotement de l'électricité statique. Et il fut très surpris de constater que le capitaine continuait à parler tranquillement de son métier :

« Croyez-vous que les Américains apprécieront mon numéro ? »

Alec n'hésita pas :

« Les Américains aiment les chevaux. Ils apprécieront l'admirable dressage de votre jument. »

Il n'avait pas plutôt parlé qu'une lumière aveuglante emplit l'intérieur de la grange. Un bras passé autour de l'encolure de Black, Alec retint son souffle, persuadé que le sol allait se soulever sous ses pieds.

Le toit oscilla. Ce furent les deux poutres maîtresses qui l'empêchèrent de glisser. Alec leva les yeux et dit :

« Il résistera. Un arbre a dû tomber dessus. »

Le capitaine prononça d'une voix que l'émotion faisait un peu trembler :

« Il faudrait avoir des nerfs d'acier pour résister à cela. Nous sommes dans la main des dieux ! »

Par l'imposte, Alec vit le train des nuages cheminer au-dessus de la grange. « Ah ! s'ils pouvaient crever en déluge de pluie ! souhaitait-il. Au moins, c'en serait fini de cet infernal feu d'artifice ! » Mais les nuages continuaient à défiler, sans pluie, sauf quelques gouttes çà et là. Et les éclairs demeuraient aussi nombreux. En outre, si la foudre n'arrêtait pas bientôt sa mitraille, les Everglades risquaient d'être anéanties tout entières dans un gigantesque incendie.

Instinctivement, Alec baissa la tête quand une boule de flammes vertes sillonna l'obscurité. Le capitaine ne parlait plus. Alec, lui aussi, se taisait.

L'un et l'autre sentaient que leur vie ne tenait qu'à un fil. Ils ne pouvaient qu'attendre, patienter, espérer que la grange ne serait pas frappée de plein fouet.

La tourmente paraissait interminable. Le vent, au lieu de s'apaiser, redoublait, et les éclairs fourmillaient. Alec avait l'impression que la colère du ciel s'acharnait particulièrement sur lui et sur le capitaine.

La nuit était tombée quand, enfin, le calme se rétablit. Dans un ciel éclairci, percèrent les premières étoiles. Alec ne songeait plus à l'endroit où il se trouvait ni au capitaine. Et que lui importait de rester ou de regagner le Sugar Ranch ? Il n'avait qu'une pensée : « Nous sommes sains et saufs, Black et moi ! » Il fit sortir l'étalon noir et le promena dans la cour, en évitant les arbres tombés.

Le capitaine le dépassa. Alec le suivit. Ils découvrirent que certaines petites dépendances étaient détruites, alors que l'écurie de la jument et la maison d'habitation restaient intactes. Sans doute ces dernières avaient-elles été protégées de la foudre par quelques grands arbres.

Tandis que le capitaine pénétrait dans l'écurie pour s'occuper de sa jument, Alec et Black demeuraient à l'extérieur.

Au bout de deux ou trois minutes le capitaine reparut. Il suffit à Alec de jeter un coup d'œil au visage de son hôte pour comprendre que la jument était également saine et sauve.

« Il est maintenant trop tard pour que vous partiez », dit le capitaine.

Alec était bien de cet avis. Il ne pouvait entreprendre dans l'obscurité un voyage aussi long.

« On va se demander ce qui m'est arrivé, dit-il cependant. On sera inquiet.

— On peut facilement arranger cela, répliqua le capitaine. Je vais envoyer Odin déposer un message au plus proche village. Les Séminoles, qui sont ses amis, porteront eux-mêmes ce message à votre ranch. »

Alec, surpris que quelqu'un pût trouver son chemin la nuit dans les marécages, demanda :

« Vous en êtes sûr ?

— Absolument. Odin possède un kayak. Il connaît tous les passages navigables. »

La nuit aurait été calme si les cimes des palmiers n'avaient pas été secouées de temps en temps par une bourrasque. L'orage avait rafraîchi l'atmosphère. Au nord, à une très grande distance, le ciel restait sillonné d'éclairs.

« Où allons-nous mettre mon cheval ? demanda Alec. Le toit de la grange peut s'effondrer d'une minute à l'autre.

— Il y a plusieurs boxes dans l'écurie, expliqua le capitaine. C'est là que nous le mettrons. »

Si près de la jument grise ? Cette proposition ne plut guère à Alec. Le capitaine s'en aperçut :

« Vous n'avez aucune raison d'être inquiet. Nous placerons votre cheval dans le box le plus éloigné de celui de ma jument.

— Puisqu'il n'y a pas d'autre solution... » fit Alec d'un ton résigné.

*
* *

Plus tard, dans la cour, il retrouva le capitaine. Il venait de passer une heure à soigner Black. Après l'avoir bouchonné et pansé, il lui avait nettoyé les sabots. Ensuite, il l'avait approvisionné en eau et en foin, et avait préparé sa litière. Puis il avait vérifié que la porte du box était bien verrouillée. Ainsi, Black n'avait aucune possibilité de se rapprocher de la jument. Toutefois, Alec savait que l'étalon noir gémirait et se plaindrait de cette privation de liberté pendant presque toute la nuit.

Un moment, il se demanda s'il n'avait pas commis une erreur en restant. Peut-être aurait-il dû tenter l'aventure, en se laissant guider par Odin pendant une partie du chemin. Mais il n'avait pas confiance en ce vieillard. Cinq minutes auparavant, il l'avait vu s'éloigner dans son canot à la surface du marécage, emportant au village voisin le message que le capitaine lui avait remis. Et il avait décidé : « Non, je me tirerai d'affaire seul. »

Mais, ici, était-ce vraiment la sécurité ? Alec chassa cette inquiétude : « Il est ridicule de croire que je cours le moindre danger. Je suis sous la protection d'un hôte qui, comme moi, est homme de cheval. Je ne risque rien. »

Un voile de brouillard flottait sur les marécages. Dans le ciel, les étoiles scintillaient comme des pierres précieuses. Une bien belle nuit en vérité ! Rien ne bougeait, sauf la cime des arbres. Quelle sérénité de la nature, quelle paix !... Et pourtant...

Alec fut de nouveau inquiet. Cette fois, il ne

parvint pas à se défaire de son trouble. Il était possédé par l'idée folle que le capitaine aurait sûrement trouvé un moyen de le retenir, même s'il n'y avait pas eu cet orage. « Pourquoi, se répétait-il, pourquoi a-t-il décidé que je resterais ici ? »

Bientôt se profila devant lui l'étrange maison où il devait passer la nuit.

Chapitre 7

Signes et passages

On donna à Alec une chambre au premier étage.

Après sa toilette du soir, il s'accouda à la fenêtre ouverte et regarda, au sud comme à l'ouest, le paysage marécageux. Il ne savait pas encore pour quelle raison le capitaine avait choisi, comme résidence provisoire, les Everglades. Pour y être tranquille ? Pour vivre dans un isolement total ? Ou bien pour retrouver les traces d'un ancêtre qui avait servi de guide à un conquistador espagnol ?

Alec sentait battre ses tempes, comme à l'appréhension d'un danger. Cependant, quelle paix autour de lui, quel silence !

Alors, pourquoi éprouvait-il le besoin de rester sur ses gardes ? Le message ayant été acheminé vers le Sugar Ranch, il partirait avec Black à la pointe de l'aube.

À moins que... Parfois, les apparences sont

trompeuses. Le capitaine avait, dans son maintien, sa parole, ses attitudes, quelque chose d'anormal. « Oh ! je n'ai pas vraiment peur, pensait Alec. Mais j'ai bien le droit d'être préoccupé et... prudent. Par exemple, où puiserais-je la certitude que le message a été porté par Odin au village indien et que les Séminoles le remettront au ranch. Au demeurant, que puis-je faire ? Ma seule protection est de rester sur le qui-vive, tant que je ne serai pas parti d'ici. Ma prudence n'est pas de la peur. Elle est le fruit d'une sagesse acquise durement, parfois à mes dépens. »

En regardant les herbes des marécages, il se disait : « Elles doivent être sèches comme de l'amadou, donc inflammables. » L'orage, suivi d'une pluie peu abondante, n'avait été que le signe avant-coureur de la saison humide qui maintient en vie les Everglades.

Il ne semblait pas que la foudre eût allumé des incendies... Néanmoins, il arrivait parfois que la tourbe, réduite en poussière, prît feu à la moindre étincelle et brûlât des semaines durant.

Alec se détourna de la fenêtre et sortit de sa chambre. Sur le palier faiblement éclairé, il entendit une musique, d'abord en sourdine, puis plus forte. Elle s'enfla jusqu'à un claquement de cymbales, retomba graduellement et se mua en une mélodie très douce.

En descendant l'escalier, Alec crut que le capitaine faisait tourner un disque sur l'électrophone qui se trouvait dans la salle de séjour. Cette musique était violente et caressante à la fois.

À la mélodie succédèrent dix mesures de flûte,

aiguës, si perçantes qu'Alec en eut un frisson. Mais... n'avait-il pas déjà entendu cela, ou quelque chose d'approchant ?

Brusquement, il s'arrêta sur l'une des marches, car la musique donnait maintenant l'impression qu'un événement était sur le point de se produire. À la flûte succédèrent d'autres instruments dont les accents entraînèrent le jeune garçon loin de la maison, dans l'infini de la nuit étoilée.

Puis, de nouveau la flûte domina. Alec se demanda pourquoi ces notes perçantes lui paraissaient familières. Il ne trouva aucune réponse. Sauf celle-ci : les notes de la flûte ressemblaient à s'y méprendre au chant d'oiseau qu'il avait entendu avant d'arriver au hammock du capitaine. Ces notes l'avaient accompagné pendant quelques minutes. Mais, il n'avait pas vu l'oiseau. D'ailleurs, y avait-il vraiment un oiseau ?...

La musique cessa. Alec ne bougea pas pour autant. Ce fut seulement quand il comprit, à des bruits légers, que le capitaine enlevait le disque de l'électrophone, qu'il recommença de descendre l'escalier. Lorsqu'il pénétra dans la salle de séjour, il avait presque retrouvé la pleine possession de lui-même.

Le capitaine observa d'abord son visage, puis ses mains. Vivement, Alec les dénoua. Il n'avait pas l'intention de communiquer à son hôte des pensées qu'il estimait lui appartenir en propre. D'un air détaché, il s'approcha de l'électrophone et se pencha sur le disque :

« Quelle musique ! On croirait qu'elle est jouée par ou pour des spectres.

— Elle effraie beaucoup de gens, répondit le capitaine en replaçant le disque sur une étagère.

— Ça ne m'étonne pas ! »

Pour la première fois, Alec remarqua un tic nerveux qui contractait la joue droite du capitaine. Selon toute évidence, l'homme n'était pas aussi détendu qu'il affectait de paraître.

« Bien que j'aie collaboré à sa composition, ajouta le capitaine, il arrive qu'elle m'effraie moi aussi. »

Il sourit, prit Alec par le bras et l'entraîna vers les fauteuils placés devant la cheminée.

« Vous seriez donc également compositeur ? demanda Alec.

— Oh ! non, protesta le capitaine en allumant la lampe du plafond. Cette musique est la seule à la composition de laquelle j'ai participé. Cela s'est produit dans des circonstances fortuites, assez singulières. Vous plairait-il d'en savoir plus long ?

— Naturellement », fit Alec, bien qu'il fût persuadé que son hôte n'avait pas besoin de cet encouragement pour entrer dans la voie des confidences.

« Je n'ai aucun talent musical, reprit le capitaine après plusieurs secondes de silence. Mais, comme la plupart des artistes de cirque, je me suis toujours intéressé à la musique qui accompagne mon numéro. Elle a presque la même importance que le dressage, car elle crée l'atmosphère dans laquelle baignent les artistes comme les spectateurs. Il y a des années, j'avais à Paris un ami nommé André, professeur et virtuose de grand talent. Je lui ai parlé de mon nouveau numéro. Je lui ai demandé une musique qui donnerait à ma jument les instructions nécessaires à ses différents mouvements et qui imposerait en même temps un climat d'irréalité. »

Le capitaine s'arrêta et précisa en regardant fixement son jeune visiteur :

« Il faut que vous compreniez. Ma jument travaille seule sur la piste.

— Seule ? s'exclama Alec. Sans vos mains et vos jambes pour la conduire ? Je ne croyais pas cela possible.

— Comme je vous l'ai dit, les instructions lui sont données par la musique. Oh ! cela n'a pas été facile. Mais j'y suis arrivé. Ma jument évolue dans le faisceau d'un projecteur. Tout le reste est dans l'obscurité. Cette... mise en scène est très efficace. »

Alec était impressionné.

« Je le crois sans peine, fit-il.

— On appelle ma jument le Fantôme. J'espère que ce nom ne terrifiera pas trop les Américains ?

— Bien sûr que non, dit Alec en retrouvant son sourire. En Amérique, les fantômes sont presque aussi populaires qu'en Angleterre.

— Tant mieux, d'autant plus que je n'ai pas l'intention de changer ce nom. Pour en revenir à la musique, j'ai dit à André que je voulais une composition originale. Je me revois arpentant son studio, essayant de lui expliquer. Je chantonnais pour tenter de donner une forme musicale à mes idées. Comme toujours lorsque je suis embarrassé, je me mis à frotter la statuette que je porte sur moi depuis mon enfance. »

Et le capitaine, plongeant la main dans sa poche, en tira une statuette qu'il montra à Alec en disant sur un ton pénétré :

« Sans elle, je ne serais rien. »

Alec examina avec stupeur cet objet grotesque qui, d'après sa couleur, était peut-être en or. Mais ce n'était pas la valeur de la statuette qui le surprenait le plus. C'était la façon dont elle avait été modelée : une tête énorme, des yeux verts, minuscules, des oreilles pointues. Quant au corps, maigre et déformé, il semblait celui d'une femme torturée par la souffrance.

Alec n'avait jamais rien vu d'aussi laid. Il essaya de ne pas trahir sa répugnance car le capitaine tenait la statuette avec une sorte de tendresse dans ses grandes mains brunes. Et ce fut seulement lorsque ses doigts se refermèrent sur elle et la cachèrent à la vue du jeune garçon, qu'il reprit le fil de son histoire : « Il faut, Alec, que vous sachiez ceci : pour André, la musique était l'essentiel de la vie. Il n'avait que faire des amateurs comme moi. Néanmoins, il m'écouta chantonner. Et, de temps à autre, il jetait des notes sur le papier. Un moment, je crus qu'il voulait simplement me faire plaisir. Je me trompais. Il était très sérieux. Lorsque je m'en aperçus, je me sentis libéré, beaucoup plus calme, et la mélodie jaillit de mon esprit sans le moindre effort. Je me rendais très bien compte de l'effet que je voulais produire. Parfois, André me demandait de répéter les mêmes notes, la même phrase. Je n'avais aucune difficulté à le satisfaire, car c'était comme si j'avais toujours connu cette musique. »

Le capitaine prit sa respiration avant de continuer :

« Je sais, aujourd'hui, que cela est vrai. Ces bribes de mélodie étaient déjà dans mon subconscient. Je les avais héritées de mes parents et de mes grands-parents qui les fredonnaient devant moi lors de mes premières années. Elles sont plus caraïbes qu'africaines ou haïtiennes. Durant toute mon existence, j'ai obéi aux impulsions de mon instinct. Elles ont beaucoup compté dans l'accomplissement de mon œuvre. Car qui aurait osé dresser un cheval à exécuter les figures de haute école en obéissant seulement à des suggestions musicales ? »

Le capitaine, en posant cette question, regardait fixement son jeune visiteur. Celui-ci ne put que l'approuver d'un vigoureux mouvement de tête. La moindre critique, le plus léger doute, et Alec se faisait un ennemi de cet homme. Or, cela, il ne pouvait pas se le permettre.

« André, conclut le capitaine, corrigea certaines fautes, écrivit l'orchestration. C'est ainsi que j'entrai en possession d'une partition très belle et qui collait à mon numéro. »

Alec garda le silence. Pourtant, il avait bien envie de dire que, si cette musique était belle, elle provoquait aussi la terreur. Le capitaine rouvrit la main et la statuette reparut :

« Croyez-vous au surnaturel ? »

Question gênante... Alec s'en tira en répondant sur le ton de la plaisanterie :

« En général, j'ai sur moi un porte-bonheur, comme la plupart des jockeys... si c'est là ce que vous voulez dire.

— Je veux dire beaucoup plus que cela. Croyez-vous aux signes, aux présages ?

— Je suppose que tout le monde prévoit des événements qui pourraient se produire. Mais, pour les signes et les présages, non, capitaine, je n'y crois pas.

— Moi, je ne suis pas comme vous. Je suis plus superstitieux que la majorité des hommes. »

Et, montrant la statuette :

« Je crois fortement en son pouvoir. Jamais je ne la laisserai tomber en des mains indignes ! »

Pourtant, elle était bien laide ! Malgré sa répulsion, Alec remarqua les minuscules prunelles vertes qui scintillaient entre des paupières mi-closes. Il savait que c'était son imagination qui lui jouait un tour, que ces prunelles n'étaient pas vivantes, encore qu'il eût juré qu'elles lui adressaient un regard de complicité. Pourquoi le capitaine désirait-il savoir jusqu'où irait sa résistance à la peur ? Oui, pourquoi ?

Cette scène muette dura une bonne minute. Enfin, le capitaine remit la statuette dans sa poche.

« Elle est dans ma famille depuis des générations, expliqua-t-il en reprenant le ton de la conversation. Certains de mes ancêtres croyaient — et Odin le croit encore aujourd'hui — qu'elle a été trouvée dans un tombeau indien, à peu de distance de ce hammock. »

Alec, comme s'il venait de subir un début de fascination, ferma les yeux un instant et pressa ses paupières du bout des doigts. Une nouvelle pièce du jeu de patience venait de se mettre en place : le capitaine évoquait l'endroit où sa bien-aimée statuette était censée avoir été trouvée. Mais, dès maintenant, Alec se souciait moins de comprendre, de percer le mystère... s'il y en avait un. Il n'avait plus qu'un regret, celui de s'être jeté dans ce guêpier !

En outre, il ne souhaitait pas que le capitaine lui fît, pour une raison ou une autre, de plus amples confidences. Déjà, il en savait trop long. Et il prévoyait que, s'il en savait plus encore, on ne le laisserait peut-être pas repartir.

« J'ai de la sympathie pour vous, ajouta le capitaine. Vous avez beaucoup d'imagination. Si vous n'en aviez pas, vos pas vous auraient entraîné vers un autre hammock. Bien que vous ayez l'esprit pratique en beaucoup de domaines, vous évoluez souvent dans un monde magique. Ai-je raison ?

— Je suis comme la plupart de mes semblables,

répondit Alec. L'imagination est souvent utile. Toutefois, si je suis venu sur votre hammock, c'était simplement parce que j'étais curieux de voir les Everglades.

— Naturellement, murmura le capitaine avec un sourire furtif. Vous êtes jeune, donc curieux. Les adultes cessent rapidement de l'être. Ils s'usent à saisir le concret. Peu d'entre eux sont capables de se représenter qu'il y a autre chose... quelque chose qui dépasse la vie elle-même ! »

Alec scruta un instant le visage de son interlocuteur. « Que lui répondre ? se demandait-il. Il ne faut absolument pas l'indisposer. » Enfin, il se jeta à l'eau : « Les jeunes non plus ne croient guère qu'il y ait quelque chose qui dépasse la vie. »

Puis il attendit. Devant le visage impassible du capitaine, il regretta sa réponse. « J'aurais mieux fait de me taire ! » pensa-t-il. En tout cas, il sentait qu'il allait devoir plus que jamais se mesurer avec un homme dont l'équilibre mental paraissait douteux.

Au bout d'un temps qui lui sembla interminable, le capitaine se reprit à sourire :

« Vous n'avez rien à redouter de moi, Alec. J'ai mes croyances. Je ne cherche aucune excuse. De grâce, ne me considérez pas comme l'un de ces détraqués qu'on traite avec douceur, gentillesse, bref qu'on cherche à amadouer. Je souhaite simplement que nous soyons amis. »

Alec était surpris par la facilité avec laquelle le capitaine avait lu dans son esprit. Aussi s'empressa-t-il de préciser :

« Loin de moi l'idée de vous critiquer ! Chacun est libre d'avoir ses croyances.

— C'est ce que j'espérais vous entendre dire, Alec ! Je vous félicite de votre tolérance. »

Le jeune garçon pensa : « À quoi rime cette conversation ? Où va-t-elle m'entraîner ? Durera-t-elle toute la nuit ? »

« C'est la raison pour laquelle j'ai souhaité que vous demeuriez », continua le capitaine.

Étonné, Alec interrogea :

« Vous l'avez souhaité parce que vous supposiez que j'étais tolérant ?

— Bien sûr. Vous êtes de ces gens qui ne considèrent pas comme une perte de temps de prêter attention aux croyances des autres, même si elles les laissent indifférents.

— Ces croyances sont donc si importantes pour vous ?

— Très importantes ! J'ai longtemps attendu pour dire devant quelqu'un ce qui, pour moi, est la vérité. Toutefois, cela peut attendre que nous ayons dîné. »

Alec regarda le capitaine se lever de son fauteuil et se diriger vers la cuisine de ce pas souple qu'il avait déjà remarqué. « Quelles révélations a-t-il encore à me faire ? » se demandait-il.

Il se leva et, pour se détendre, car tous ses muscles étaient crispés, il marcha de long en large dans la salle. Quelle que fût la direction d'où viendrait le danger, il lui fallait être prêt à se défendre. Il n'avait pas l'intention d'être une proie facile pour cet homme qui possédait l'allure d'un fauve et peut-être sa ruse. Pendant la longue nuit qui commençait, il allait devoir rester chaque instant sur ses gardes.

Chapitre 8

La légende

« Je crois, dit le capitaine après le dîner, à un monde très éloigné du monde ordinaire... un monde qui dépasse infiniment toutes les choses conçues ou même simplement pensées par les gens qui se prétendent sérieux et d'esprit pratique. Si je tenais à ces gens les propos que je vous tiens en ce moment, ils me déclareraient fou ! »

Alec se garda bien de faire le moindre commentaire. Tout au long du dîner, il s'était à peu près contenté d'écouter le capitaine parler des images, des symboles et des signes qui avaient influé sur le cours de sa vie. Le monde qui lui était propre n'était pas celui de l'imagination pure. Il était celui des sombres mystères, des apparitions. Certes, le capitaine se prétendait citoyen français. Cependant, ses croyances, profondément enracinées en lui, étaient celles de ses ancêtres haïtiens.

« Je n'ai pas vécu sur des illusions, poursuivit-il. Car je détiens les preuves de ce dont je viens de vous parler.

— Mais pourquoi à moi... qui juge tout cela invraisemblable ?

— Parce que votre venue ici est un signe.

— C'est-à-dire ?

— Lorsque j'ai vu votre cheval à la télévision suédoise, j'ai eu la conviction que je le retrouverais aux États-Unis. À la vérité, je ne pensais pas que nos sentiers se croiseraient dans les Everglades. Aujourd'hui, je me rends compte qu'il ne pouvait en être autrement.

— Oui, mais... pourquoi justement mon cheval ? » insista Alec.

Prévoyant la réponse, il essayait simplement de gagner du temps. Dès que le capitaine avait posé les yeux sur Black, Alec avait compris que celui-ci désirait l'accoupler à sa jument grise à reflets d'argent.

« Votre cheval est digne de ma jument. Il me plairait qu'elle ait de lui un poulain. »

Alec protesta :

« Pas question... du moins en ce moment ! Il faut que vous compreniez, capitaine. Vous êtes un professionnel. Je n'ai pas besoin de vous expliquer les raisons de mon refus. »

Le capitaine comprenait-il ? Le sourire s'était effacé de ses lèvres. Son expression était d'une froideur plus inquiétante qu'une franche colère. Alec savait maintenant pourquoi son hôte avait tant tenu à le garder. Ce n'était pas par sympathie ou besoin d'un compagnon. C'était uniquement pour avoir Black sous la main.

Pendant peut-être une minute, le capitaine dévisagea Alec. Puis il se détendit et répliqua avec amabilité :

« Bien sûr, je vous comprends. Comme vous dites, nous sommes deux professionnels. Nous savons attendre pour obtenir ce que nous désirons. Dans ces conditions, puis-je espérer que, plus tard...

— Oui, plus tard, interrompit Alec. Il n'y aura pas d'inconvénient quand la saison des courses sera terminée. »

Dans son for intérieur, il se disait : « Si je ne veux pas être dominé par lui, il me faut continuer à parler métier. Accrochons-nous donc à ce sujet ! »

« Quand votre jument sera pleine, elle ne pourra plus paraître sur la piste d'un cirque. »

Le capitaine haussa les épaules :

« C'est vrai. Mais voilà longtemps qu'elle travaille. Elle n'est plus toute jeune. J'emploierai un autre cheval. Ou j'attendrai que son poulain soit en âge d'être dressé.

— Et si c'est une pouliche ?

— J'espère que ce sera un mâle. Les étalons sont infiniment plus faciles à dresser que les juments. »

Alec secoua la tête :

« Je ne suis pas d'accord. Un étalon sera moins maniable que votre jument... surtout s'il a du sang de Black dans les veines. Vous ne parviendrez jamais à le maintenir dans les limites de la piste d'un cirque.

— C'est vous qui vous trompez, Alec. Un étalon se débat une seule fois, toujours au début. Quand il a compris que vous êtes le maître, le reste va de soi. Avec la plupart des juments, le dressage n'est jamais fini.

— Les étalons n'ont pas tous le même caractère, dit Alec.

— Non. Quelques-uns résistent plus longtemps que les autres. Mais, au bout du compte, tous se soumettent. Ils comprennent très vite qu'ils s'exposent à une punition. Il n'en va pas de même pour les juments.

— Avec Black, pas question de punir ! Si vous le frappez, il vous rendra coup pour coup.

— La punition fait partie du dressage, Alec, dit le capitaine, le regard brillant. Il faut que le dresseur domine. Pas d'autre solution. Le cheval est l'esclave de l'homme. Non son maître. »

Alec baissa les paupières. Une fois encore, il se souvint qu'il ne devait pas s'opposer trop ouvertement à son interlocuteur. À certains moments, le capitaine raisonnait de façon normale, se montrait compréhensif. Toutefois, il n'en restait pas moins dangereux. Alec se promit de ne pas oublier ce détail.

Soudain, le capitaine se leva. De son pas souple, il s'approcha du coffre placé près de la cheminée et dit en l'ouvrant :

« Ce que je vous ai déjà montré n'est rien auprès de ce que je vais vous faire voir maintenant. »

Il prit dans le coffre le même carton épais qu'auparavant et, s'étant assis, il le vida sur la table. Outre les gravures qu'Alec avait examinées pendant l'après-midi, il y avait des notes manuscrites et quelques documents ornés de dessins, d'armoiries, etc. L'écriture paraissait ancienne, les langues employées étaient l'espagnol et le français. Il y avait aussi d'autres langues qu'Alec ne parvint pas à identifier. Quant aux dessins, assez primitifs, ils représentaient des créatures fantastiques, mi-hommes, mi-animaux. Le papier était fin, l'encre à certains endroits presque effacée.

Avec un grand sérieux, le capitaine expliqua :

« Ces documents racontent l'histoire de mes ancêtres. Ils étaient peu nombreux en ma possession avant que je me rende à Haïti. C'est là que j'ai rencontré Odin. Il gardait dans une cachette les autres documents. Ceux-ci lui avaient été remis par son père, qui les tenait de... »

Le capitaine s'arrêta un moment, comme s'il hésitait à continuer. Enfin, il enchaîna :

« Le premier de ces documents est de la main de celui de mes ancêtres qui servit de guide au conquistador Pedro Menendez de Avillès. C'est un rapport des événements qui se déroulèrent en Floride. Ce rapport passa à son fils, lequel détenait, paraît-il, le pouvoir à Haïti. Son peuple le considérait comme très fort physiquement et d'une intrépidité à toute épreuve. Certains de ses sujets l'idolâtraient. C'était un métis de Caraïbes et d'Africains. »

De nouveau, le capitaine s'arrêta, le regard perdu au loin. Alec détecta sur son visage bronzé

une expression fugace de crainte. Cet homme redoutait-il de trahir un secret ? Et, surtout, en appréhendait-il les conséquences ?

Néanmoins, après un bref silence, il ajouta :

« Ce fut lui qui vint sur ce hammock. Il vécut ici de nombreuses années avant de regagner Haïti. La plupart de ces dessins sont de sa main. »

Le capitaine prit l'un des dessins et poursuivit en l'examinant attentivement :

« Il rapporta une légende qui fut transmise dans ma famille de génération en génération. Bien que je la considère comme bourrée de faits puérils, cette légende m'a accompagné toute la vie. »

Alec était ému par la sincérité qu'il lisait sur le visage de son hôte. Et, malgré la promesse qu'il s'était faite de rester prudent, il se sentait gagné par l'émotion du capitaine. Celui-ci semblait avoir poussé une porte donnant sur des joies et des plaisirs inconnus du commun des mortels. Et peut-être sur des dangers ? Alec secoua la tête. Décidément, il refusait de connaître ce monde qui avait sans doute peu de rapport avec la réalité !

À la fin, il se retourna. Le capitaine avait quitté sa chaise. Il se tenait maintenant dans l'embrasure de la fenêtre assombrie. Il avait l'air d'un homme qui guette dans la fièvre l'apparition de quelqu'un ou de quelque chose. Alec jeta lui aussi un coup d'œil à l'extérieur, espérant découvrir un être, une apparition, car il avait l'impression d'entendre un appel répété, insistant, lancé des marécages. Mais il ne vit rien que la nuit. Quant à l'appel... une illusion auditive. Rien ne venait des marécages, pas même un souffle de vent.

Le capitaine, toujours planté devant la fenêtre, parla soudain à voix basse :

« La légende concerne Kovi. Les membres de ma famille le considèrent comme le plus puissant des êtres surnaturels. On prétend qu'il vole d'arbre en arbre comme une luciole géante, que son ventre lance des éclairs, que sa bouche crache de la fumée et des flammes.

— Et vous croyez à cela ? demanda Alec.

— Je crois à ce qu'on m'a dit. J'appartiens à une race ancienne dont la religion se mêle souvent aux mystères de la magie. »

En refaisant face à Alec, le capitaine ajouta :

« Pour vous, naturellement, tout cela est lettre morte.

— Alors, pourquoi m'en parlez-vous ?

— C'est vrai, pourquoi ? Je n'en sais trop rien. Peut-être parce que nous sommes réunis ici, vous et moi, et que nous sommes cavaliers de profession. Il se peut que ce soit les mêmes signes qui nous aient dirigés vers cette maison. »

Le capitaine voulait-il donner l'impression de s'être embarqué pour une grande, une merveilleuse aventure ? Mais Alec n'avait pas le moindre désir de l'accompagner. Comment parviendrait-il à se dérober ? Quels faux-fuyants invoquerait-il ? Puis il se souvint qu'il s'était promis de ne pas se faire un ennemi de son hôte. Aussi interrogea-t-il calmement :

« Les chevaux tiennent-ils une place dans votre légende ?

— Une place très importante ! Mes ancêtres considéraient les chevaux comme des dieux revenus sur terre. Dès l'apparition des cavaliers espagnols, ils ont fui, terrifiés. Ils prétendaient que les Espagnols possédaient des pouvoirs qui les rendaient capables de dominer ces coursiers divins. Toutefois, mon plus célèbre ancêtre, le guide du conquistador Pedro de Avillès, savait bien, lui, que les chevaux n'étaient que des animaux. Et, d'après certains documents, il voulait être le propriétaire d'un cheval et le monter. Le conquistador lui en promit un s'il acceptait de trahir son peuple en conduisant des soldats à quelques endroits des marécages où les Caraïbes se cachaient. Mon ancêtre n'hésita pas, et n'en éprouva jamais de remords. Pendant le combat, les Caraïbes appelèrent Kovi à leur aide. Ils le supplièrent d'anéantir ces hommes qui avaient réussi à se rendre maîtres des chevaux-dieux. Il est écrit dans les documents que Kovi réagit promptement. Il tua les envahisseurs... et punit aussi mon grand ancêtre. Il le frappa d'une malédiction qui durerait jusqu'à ses descendants les plus lointains.

— Enfantillages ! s'exclama Alec.

— Peut-être serais-je de votre avis, reprit le capitaine, si Odin ne m'avait pas ouvert les yeux. Quand je suis arrivé à Haïti, il y a un mois, Odin était mourant. Je le trouvai gisant sur le sol de sa hutte et aussi froid qu'un cadavre. Tout d'abord, je le crus mort. Pour plus de sûreté, je lui soulevai les paupières. Je m'aperçus alors qu'il me regardait fixement avec une expression d'épouvante. Il paraissait me connaître. Il se dressa d'un bond et m'arracha la statuette que je venais de tirer de ma poche et que je serrais dans ma main, comme toujours dans les moments critiques. Je voulus la lui reprendre. Mais il se contenta de me dévisager avec la même expression horrifiée. C'est alors que je découvris que son corps était aussi déformé que celui de la statuette. Il se mit à me parler avec un débit monotone, sans me quitter des yeux. Je crus comprendre qu'il essayait de me mettre en garde contre une... une chose à laquelle il était impossible d'échapper. Le plus clair était cette petite phrase qui revenait toutes les dix secondes : "Maudit soit Kovi !" »

Le capitaine réfléchit avant de reprendre :

« Je m'aperçus bientôt que le sens des propos d'Odin ne m'était pas indifférent. En effet, j'éprouvais une sorte de vertige, ce qui ne m'était jamais arrivé. Des étincelles défilaient devant mes yeux.

Dans mes oreilles, ronflait un roulement de tambour. Cependant, je ne perdis jamais vraiment connaissance. Combien de temps dura cette scène ? Je l'ignore. Quand je revins à moi, nous étions assis face à face, en tailleur, sur la terre battue, et nous bavardions. Odin paraissait être mieux que moi au courant de la raison de mon séjour à Haïti. Et où avait-il appris que j'étais un cavalier de profession ? Sans cesse, il me regardait avec pitié, comme on regarde un condamné. Il y avait chez lui un sincère désir de me venir en aide. Mais peut-être croyait-il tout bonnement que nous serions plus forts si nous affrontions ensemble les périls. Ce fut peu de temps après qu'il déterra un coffret de métal contenant la plupart des gravures et des documents déployés sur cette table. Il me les donna, comme s'il voulait s'en débarrasser. Je comprends pourquoi maintenant, car je sais que tous ces documents et ces gravures sont responsables de l'état où je le trouvai. Je restai avec lui et, pendant l'heure suivante, il parut retrouver son équilibre. Quand je l'interrogeai sur la cause de sa terreur, il me répondit que la malédiction de Kovi était sur lui parce qu'il avait utilisé un cheval pour labourer son champ. Cette révélation me fit rire. Odin m'interrompit et m'avertit d'une voix aiguë : « Attention ! Vous êtes un cavalier et un membre de la famille. Vous êtes menacé d'une mort affreuse si on ne fait pas quelque chose pour vous. » À cette révélation, je regardai l'image de Kovi que je n'avais cessé de serrer dans ma main et j'éprouvai la plus grande frayeur de ma vie. Je voulus partir, m'éloigner au plus vite d'Odin et d'Haïti. Mais comment fuir ? N'était-il pas déjà trop tard pour m'arracher du piège où j'étais tombé ? »

Le capitaine resta cette fois plusieurs minutes silencieux. En l'écoutant, Alec aurait volontiers souri, car il considérait toujours ses propos comme enfantins, alors que, pour son hôte, il s'agissait de révélations très sérieuses.

Enfin, le capitaine conclut :

« Ce que je vais vous dire, Alec, vous ne le croirez pas. Je vous le confie pour satisfaire votre curiosité, pour que vous sachiez pourquoi je suis ici avec Odin : la malédiction de Kovi est sur nous. Par le fait que je suis entré en possession des gravures et des documents ancestraux, je me suis lié étroitement à des événements antérieurs, si étroitement même que j'en fais désormais partie. Comme le sort en a décidé, je suis devenu un cavalier assez semblable au premier de mes grands ancêtres, celui qui a trahi son peuple pour devenir propriétaire d'un cheval. C'est mon destin d'aller jusqu'au bout de la légende, jusqu'à Kovi lui-même (s'il existe autrement que dans l'esprit des hommes) et d'être ainsi libéré de la malédiction de mes ancêtres. »

Le capitaine prit sur la table un document et, le montrant à Alec :

« Ai-je besoin de vous dire que, d'après ces documents, le lieu où vit habituellement Kovi est dans cette région ? »

Alec s'exclama avant de réfléchir :

« Vous êtes fou ! »

À sa grande surprise, le capitaine répondit sans colère :

« Non, Alec. J'en ai toutes les preuves. Ma famille a aperçu Kovi. C'est écrit dans les rapports. Il y a aussi un dessin... fait d'après nature. Désirez-vous le voir ? »

Sans attendre une réponse, le capitaine choisit un dessin et le tendit à Alec.

Celui-ci était résolu à ne pas broncher. Mais il ne put dominer un tressaillement. Il avait cru que le dessin représenterait un monstre banal. Il ne s'attendait pas à ce fouillis de lignes qui semblaient avoir été tracées par un débutant. Impossible d'y découvrir une silhouette. C'était une invraisemblable mosaïque où l'on reconnaissait vaguement, çà et là, des yeux, des parties de corps humain...

« Que voyez-vous ? » demanda le capitaine d'un ton inquiet.

Et, comme le jeune garçon gardait le silence, il répéta sa question.

« Je ne sais pas », répondit Alec.

En réalité, il voyait beaucoup de choses : une bouche ouverte ; une tête qui était peut-être la moitié de celle d'un cheval ; un œil noir qu'on avait logé au bas du dessin, dans le coin gauche. Il y avait également un sabot, une partie de crinière, une mâchoire ouverte. Quelqu'un qui aurait voulu s'en donner la peine serait parvenu à distinguer d'autres détails encore.

« Kovi existe sous de nombreuses formes, expliqua le capitaine avec un sourire. Sa description a varié de génération en génération. »

Alec leva la tête, regarda son hôte.

« Au sud-ouest d'ici, reprit le capitaine, il y a un hammock renflé en son centre par une bosse. Ce hammock est, selon les rapports, le repaire de Kovi. J'y suis allé, en plein jour, avec Odin. Le chemin n'est pas facile. Mais, comme l'endroit a été drainé en partie, on peut aller au hammock presque à pied sec. Cela aussi, du moins pour moi, est un signe. »

Alec tressaillit. Comment pouvait-on risquer sa vie sur un simple signe, sur un présage ? Comment pouvait-on s'exposer à se perdre dans les marécages, à s'enliser ?

« Vous croyez, demanda Alec, que vous trouverez Kovi sur ce hammock ? »

Le capitaine haussa les épaules :

« Je l'ignore. Je sais seulement que le signe me montre la direction à suivre. Je la suivrai. »

Il parlait avec un accent si résigné que, pour la première fois, Alec eut pitié de lui :

« Si Kovi est aussi féroce que vous semblez le croire, l'opération que vous projetez ne risque-t-elle pas de se terminer par votre mort ?

— Je ne peux croire que j'ai été conduit ici pour y mourir, répondit le capitaine. Si cela était, je le saurais. Mais, de toute façon, je ne reculerai ni ne changerai mes plans. Dans certains cas, on ne peut se dérober au malheur. »

Alec tourna la tête vers la cheminée. Il ne doutait pas de la sincérité du capitaine. « Cet homme, pensait-il, est l'esclave de croyances auxquelles il est attaché depuis l'enfance et qui furent celles de ses ancêtres. Pour n'importe qui, l'histoire de Kovi est incroyable. Pour lui, elle est vraie. Il ira jusqu'au bout ! »

Un instant, il regarda son hôte replacer en silence les documents dans le coffre. « Ses recherches, se disait-il, se termineront dans les marécages. Les dangers naturels y sont nombreux et châtient les imprudents à la moindre faute ! »

Il se leva en se demandant si, même le lendemain, il aurait réussi à chasser de son esprit le monde sinistre où semblait se complaire le capitaine. « De toute évidence, songeait-il, je vis dans la compagnie d'un homme qui n'est pas parfaitement sain d'esprit. »

« Si vous n'y voyez pas d'inconvénient, dit-il, je vais me coucher. Je suis fatigué et désire me lever tôt demain matin. »

Le capitaine leva la tête, le dévisagea :

« Aucun inconvénient, répondit-il avec amabilité. La journée a été longue pour vous. En outre, je vous ai parlé de beaucoup de choses qui ont pu vous troubler. Bonsoir, Alec. Nous nous reverrons demain matin.

— Bonsoir, capitaine. »

Dans l'état de fatigue où il se trouvait, Alec aurait probablement du mal à s'endormir. Mais, s'il n'y parvenait pas, il pourrait au moins se reposer en attendant les premières lueurs de l'aube.

Chapitre 9

Cauchemar !

De la fenêtre de sa chambre, Alec contempla le paysage. Une belle nuit ! Le ciel se déployait à l'infini sous ses yeux. La pleine lune commençait à s'élever au-dessus des marécages. Au sud-ouest se dessinait la forme bossue d'un hammock qui, selon le capitaine, représentait le repaire de Kovi.

Naturellement, Alec ne croyait pas un mot de cette histoire. Il savait cependant que la vivacité de sa propre imagination risquait de le rendre vulnérable aux divagations de son hôte. Aussi essaya-t-il de penser à autre chose, sachant que, sans cela, il ne trouverait pas le sommeil.

Les étoiles saupoudraient d'or l'immense tapis d'herbe. Des dizaines de hammocks étaient dispersés à la surface des marécages. Quant au silence, il était absolu. Un monde comme celui-là appartenait plus à la nuit qu'au jour. Alec avait presque l'impression d'être seul dans l'univers.

Ici, la nature triompherait toujours de l'homme. Les canaux de drainage, quel que fût leur nombre, n'auraient jamais raison des Everglades, ne réussiraient jamais à les assécher et à détruire leur isolement.

Alec se demanda pourquoi les marécages lui inspiraient plus de crainte le jour que la nuit. « C'est sans doute, se dit-il, en raison du silence et de la paix qui l'accompagne. » Il tendit l'oreille. À travers cette nuit limpide, des bruits auraient dû lui parvenir, dans toute leur pureté. Mais rien, absolument rien. Pas même un cri d'oiseau ou les dernières ondes d'un écho lointain. Il était seul. Les marécages l'ignoraient ou bien l'acceptaient comme un ami.

Croyant qu'il lui serait enfin possible de dormir, il quitta la fenêtre et s'allongea sur le lit, sans se déshabiller. Il ferma les yeux et attendit le sommeil. Après cette journée riche en événements imprévus, il était très fatigué.

Au bout de plusieurs minutes, il vit deux yeux qui le regardaient fixement à travers la pénombre. Il crut que le capitaine venait d'entrer dans sa chambre.

« Que faites-vous ici ? » demanda-t-il.

Il essaya de se lever. Cependant, malgré ses efforts, il lui était impossible de bouger ! Alors, il comprit : il avait dû s'endormir et, maintenant, il rêvait. Mais, dans le passé, aucun de ses rêves n'avait été aussi animé et proche de la réalité.

De nouveau, il tenta de se lever, et ne put que se placer en travers du lit. De plus, il n'arrivait pas à se dérober aux yeux qui surveillaient chacun de ses gestes. Il était certain qu'un être vivant avait pénétré dans la chambre. S'agissait-il du capitaine ? Alec commençait à en douter. Au reste, sa seule idée était de sauter de son lit et de fuir. Malheureusement, bien qu'il se débattit de toute sa vigueur, il restait à demi paralysé.

Il criait... et aucun cri ne sortait de sa bouche. Et, au moindre de ses mouvements, les yeux se déplaçaient, le suivaient...

Il pensait clairement, si clairement même qu'il n'aurait pas cru cela possible au cours d'un rêve. « Ce regard fixe, se disait-il, c'est mon subconscient qui me joue des tours. » Il cessa de se débattre et chercha à apercevoir le visage derrière les yeux. Car il y avait sûrement un visage.

En effet, un visage se dessinait vaguement dans l'obscurité, une tête informe, des traits flous. Cette découverte fit couler dans les veines d'Alec, dans ses muscles aussi, une force tout à coup surhumaine. Et, tandis que la tête semblait se rapprocher, il lutta pour briser les liens qui l'attachaient au lit. Ses lèvres remuaient, mais toujours aucun son n'en sortait. Et une odeur si douce qu'elle en était écœurante emplissait ses narines. Pour y échapper, il se rejeta en arrière.

Soudain, tout changea. Haletant, il redécouvrit le monde de la réalité, grâce au clair de lune qui, se faufilant dans les moindres recoins de la chambre, le persuada qu'il n'y avait personne d'autre que lui-même entre ces quatre murs.

Il bondit du lit, passa dans le cabinet de toilette et plongea sa tête dans l'eau froide. « En somme, se disait-il, il n'y a rien eu, sauf un rêve, un cauchemar alimenté par les propos d'un homme qui croit au surnaturel. Je me suis endormi, mon imagination a fait le reste. En tout cas, je veillerai à ce que cela ne se reproduise pas ! »

Brusquement, un nuage ayant masqué la lune, la chambre retomba dans l'obscurité. Alec s'approcha de la fenêtre, regarda les marécages. Il eut un frisson qu'il attribua à un rafraîchissement de la nuit. La lune reparut. Et, une fois de plus, la chambre s'emplit de clarté.

« Il y a peu à craindre d'un cauchemar », se répétait-il.

Néanmoins, tandis qu'il s'efforçait de mettre de l'ordre dans ses idées, son cœur continuait de battre à grands coups.

S'il en jugeait à la hauteur de la lune, il avait dormi deux heures. Pourquoi, dans son cauchemar, avait-il vu Kovi — ou cru le voir ? Uniquement parce que le capitaine lui en avait parlé et lui avait montré certain dessin. Et il concluait : « Ce qui compte, ce n'est plus que je croie ou ne croie pas moi-même à l'existence du monstre. Aujourd'hui, connu ou inconnu, réel ou non, il est déjà logé dans mon subconscient ! »

Et, à cette pensée, il sentait que son cœur battait encore plus vite. Il resta à la fenêtre. Il ne voulait pas se recoucher, par crainte de renouer avec son cauchemar. « Peut-on mourir de peur en dormant ? » se demandait-il. Il le trouva rapidement, le remède à cette idée folle, il courut se replonger la tête dans l'eau froide. Puis il décida de rester éveillé jusqu'au matin. Demain et pendant les jours suivants, quand son existence redeviendrait normale, il oublierait. Et ce serait comme si cette nuit n'avait jamais existé.

En attendant, il chercha à se calmer en contemplant les marécages. Comme le ciel était clair ! Longuement, Alec tendit l'oreille. Il se sentait absolument seul dans l'univers. Un bruit très doux lui parvenait. C'était celui d'une brise légère qui agitait les palmiers et plissait la surface des eaux.

Petit à petit, les battements de son cœur redevenus normaux, il se détendit, fit quelques pas dans la chambre. Brusquement, en se retrouvant devant la fenêtre, il s'arrêta.

Un bruit, très différent de celui de la brise, lui parvenait de l'extérieur. C'était un pas... un pas discret... Non un pas d'animal : un pas d'homme !

Il fouilla l'obscurité du regard. Après une bonne minute, une silhouette déboucha de l'angle de la maison et se tint immobile, les jambes écartées. Était-ce Odin qui revenait du village indien ? Mais cette silhouette — haute taille, larges épaules — était plutôt celle du capitaine.

Alec attendit, espérant que l'homme passerait sous sa fenêtre, ce qu'il ne tarda pas à faire. Et le jeune garçon reconnut son hôte.

Vivement, il recula. Il n'avait pas l'intention de quitter sa chambre. Il se souciait peu des occupations auxquelles pouvait se livrer le capitaine pendant la nuit. Ce n'était pas son affaire. « Quoi qu'il fasse, se disait-il, même s'il part encore une fois à la recherche de son Kovi, je ne bouge pas d'ici jusqu'au lever du soleil ! »

Puis, au bout d'un moment, il réfléchit : « Je me demande si je ne suis pas en train de faire son jeu.

Son histoire de Kovi n'a peut-être été qu'un moyen de m'inciter à rester dans ma chambre. Car, au fond, que veut-il ? Unir Black à sa jument. Or, nous sommes convenus d'attendre la fin de la saison des courses. Nous avons échangé nos paroles. Mais, lui, était-il sincère ? »

Alec entendit des hennissements lointains, étouffés. Alors, il n'hésita plus. Il bondit dans le couloir, dégringola l'escalier. Le capitaine semblait homme à renverser les obstacles lorsqu'il voulait quelque chose !

Quand il fut à l'extérieur de la maison, Alec courut vers l'écurie. Maintenant, il était bien décidé. Personne ne toucherait Black, sauf lui-même. Et, s'il le fallait, il se battrait pour imposer sa volonté !

À dix mètres de l'écurie, il entendit Black pousser un hennissement aigu, destiné manifestement à la jument. Alors, il comprit qu'il arrivait trop tard.

Chapitre 10

Le combat

Alec s'arrêta. Grâce au clair de lune, il vit un superbe tableau : Black et la jument grise à l'extérieur et à droite de l'écurie. La jument, attachée à une barrière, était strictement immobile. Black, frémissant, piaffait près d'elle. Il y avait aussi le capitaine ! Celui-ci tenait l'étalon noir par une chaîne en guise de licol. Et il tirait violemment sur cette chaîne en grondant :

« Recule ! Mais recule donc ! »

Black poussait des hennissements qui ressemblaient plutôt à des cris de rage et de souffrance. Rien d'étonnant à cela, car le capitaine lui avait passé la chaîne dans la bouche ! « Si je ne mets pas fin à cette scène, pensa le jeune garçon, Black le tuera ! »

Et il s'élança à travers la cour.

Il ne s'était pas trompé. Black, se détournant de la jument grise, cherchait à marteler de ses sabots l'homme qui le faisait souffrir. Cependant, le capitaine esquivait bien les coups. Et, soudain, il utilisa la seule arme à sa disposition : l'extrémité de la chaîne servant de licol. Il la brandit, frappa Black avec violence.

Heureusement, Alec arriva derrière le capitaine, le heurta, le bouscula, lui paralysa les bras pour l'empêcher de continuer à faire usage de la chaîne. Ensuite, il essaya de le déséquilibrer. Il n'y parvint qu'à moitié. En effet, le capitaine ne tomba que sur un genou. D'ailleurs, pas pour longtemps ! En deux ou trois secondes, il fut debout !

Alec comprit bientôt qu'il n'était pas de taille.

Le capitaine l'empoigna, le souleva, le balança de droite et de gauche, puis lui donna un violent coup de poing à la joue gauche. Le jeune garçon s'abattit comme une masse, la bouche pleine de sang.

Cependant, il ne perdit pas connaissance, car il entendait les cris du capitaine et les hennissements plaintifs de Black. Mais le sang, qui continuait à emplir sa bouche, risquait de l'étouffer.

Il lutta pour garder l'esprit clair. Il distinguait, bien que sa vue se brouillât, la silhouette du capitaine. Celui-ci s'acharnait à maîtriser Black. L'étalon noir fonçait sur lui, reculait, fonçait encore. Ou bien, cabré, il le menaçait avec ses antérieurs.

Le capitaine évitait tant bien que mal les dangereux sabots. Brusquement, à l'instant où Black était cabré, il tira sur la chaîne, pour contraindre l'étalon noir à se reposer sur ses antérieurs. Il s'y était pris une fraction de seconde trop tard. Black s'avança, se dressa au-dessus de lui de toute sa hauteur. Le capitaine esquiva. Cette fois, il l'avait échappé belle ! Cela ne l'empêcha pas de tirer de nouveau sur la chaîne, si vigoureusement que l'étalon noir cria de souffrance.

Toutefois, au lieu de poser ses antérieurs sur le sol, il reprit, dressé sur ses postérieurs, sa marche en avant, frappa et refrappa dans le vide. D'abord, le capitaine recula pas à pas. Enfin, admettant que la partie était — du moins provisoirement — perdue pour lui, il lâcha la chaîne et courut se réfugier dans l'écurie.

Black s'approcha d'Alec. Il se pencha vers lui et, ayant capté l'odeur du sang, il eut un sursaut, fit deux ou trois pas en arrière et s'arrêta, indécis.

Alec essaya de parler à son cheval. Mais il avait la tête douloureuse. En outre, sa gorge était obstruée par des caillots, de sorte qu'il lui était impossible de prononcer une syllabe. Pour se dégager, il toussa à plusieurs reprises. Les efforts qu'il fit à cette occasion lui donnèrent un vertige, et il dut lutter pour ne pas perdre complètement connaissance.

Dans une lumière trouble, il aperçut Black qui retournait vers la jument grise. Leurs silhouettes, un instant, se confondirent. Il y eut des hennissements, des cris. Et, soudain, Alec ne vit plus rien, n'entendit plus un son et sombra dans une obscurité totale.

Quant au capitaine, il cherchait dans l'écurie des objets qu'il utiliserait comme des armes contre l'étalon noir. Il décrocha un fouet, près de l'entrée, et murmura :

« Où ai-je mis la fourche la dernière fois que je m'en suis servi ? »

Il la trouva au fond du bâtiment. Cependant, il s'attarda encore un moment dans l'écurie. Pour la première fois, il avait peur d'un cheval. Du seuil, il aperçut vaguement au loin l'étalon noir et la jument grise. L'étalon tournait autour de la jument.

Deux minutes passèrent. Puis l'étalon cessa son manège et s'éloigna. Alors, le capitaine, serrant la fourche dans sa main, sortit de l'écurie et s'avança à pas de loup. Il vit l'étalon revenir vers l'endroit où gisait Alec et se dit : « Bien sûr, je l'ai frappé... Mais non, non ! Il n'est pas possible qu'il soit mort ! »

Comme il l'avait fait précédemment, Black se pencha sur Alec, et, ayant reniflé l'odeur du sang, il se détourna. Il se sentait abandonné par la seule personne qui pût lui rendre le calme. Peu à peu, il recula... Et, tout à coup, il aperçut un homme qui surgissait de la pénombre et venait dans sa direction. Il fit face et, sans attendre, attaqua... Immédiatement, il fut stoppé par les dents de la fourche. Obéissant à l'instinct de conservation, il tenta de fuir. Les dents de la fourche le rattrapèrent, se plantèrent de nouveau dans sa chair.

Alors, il pressa l'allure. Sa crinière et sa queue claquaient au vent, la chaîne traînait à son côté. La peur et la souffrance avaient réveillé en lui le souvenir d'une autre vie, une vie de liberté totale, bien différente de celle qui avait été la sienne pendant ces dernières années. Son unique chance de salut n'était-elle pas dans les marécages ? D'ailleurs, c'était déjà vers eux que son corps puissant l'emportait au grand galop.

Chapitre 11

De l'herbe à l'infini...

Le capitaine s'agenouilla près d'Alec :

« Il faut m'excuser », dit-il.

Alec rouvrit les yeux.

« Je vous prie de me pardonner, continua le capitaine. Je n'avais pas l'intention de vous blesser. »

Les paroles du capitaine étaient empreintes de sympathie, mais non son regard. Alec essuya le sang de sa bouche, rassembla les forces qui lui restaient, puis, des deux pieds, il atteignit le capitaine en pleine poitrine et, par contrecoup, tomba lui-même à la renverse.

Le souffle rauque, haletant, il se leva tant bien que mal, se jeta sur le capitaine et, des deux mains, chercha à lui griffer le visage. Mais, une fois encore, il comprit qu'il n'était pas de taille. Il fut repoussé, empoigné aux épaules, plaqué au sol.

Il attendit, persuadé qu'on allait le frapper. Au contraire, on l'aida fermement, sans brutalité, à se remettre debout, puis à marcher. D'abord, Alec n'entendit que le souffle du vent dans les palmiers. Ensuite, il lui sembla capter un clapotis de vaguelettes. Il secoua la tête, essaya de voir l'endroit où son hôte l'avait entraîné.

Tous deux se tenaient côte à côte au bord du marécage, la maison derrière eux.

« Où est mon cheval ? demanda Alec d'une voix étranglée. Que lui avez-vous fait ? »

Le capitaine tourna la tête, comme s'il voulait dérober son regard.

« Il s'est enfui, répondit-il. Je n'ai pas pu l'arrêter. J'ai essayé. Mais il n'y avait rien à faire. »

Alec n'avait jamais vu, sur le sombre visage de son hôte, une expression aussi tendue. « Cet homme a été terrifié par Black, se disait-il. Malheureusement, ce n'est pas pour moi une consolation maintenant ! »

« C'est dans cette direction qu'il est parti ? » demanda-t-il.

Il avait le cœur serré en regardant l'eau noire qui serpentait entre les herbes. Les rives du canal étaient desséchées par la chaleur ou les travaux de drainage. Grâce au clair de lune, Alec y vit des empreintes de sabots. Et son cœur battit encore plus vite dans sa poitrine. Quelle folie avait poussé Black à se lancer à travers cette immensité ?

Le capitaine répondit enfin avec un haussement d'épaules :

« Il a choisi, pour ainsi dire, le chemin le plus direct pour... »

Alec termina la phrase :

« Pour fuir ? Après l'accouplement, comment l'avez-vous traité ? Mais, d'abord, c'était là ce que vous désiriez depuis le début, n'est-ce pas ? Vous n'aviez aucune intention d'attendre la fin de la saison des courses ? »

Le capitaine tourna encore la tête. Et, pendant un moment, le silence fut total. Alec songea : « Pourquoi insister ? À quoi me servirait-il de connaître la raison pour laquelle Black a fui ? Ce qui est angoissant, c'est qu'il ait choisi comme refuge les marécages. Ce sera un miracle si je le retrouve vivant ! »

Pas un bruit, sauf le bourdonnement de millions d'insectes. Alec savait qu'il y avait, entre lui et son cheval, une barrière de forces redoutables. Ce qu'il craignait pour Black, ce n'étaient pas les dangers irréels. C'étaient des dangers bien concrets : alligators, serpents, fondrières !

« Oui, Alec, dit le capitaine, vous avez raison. Je n'avais pas l'intention d'attendre la fin de la saison des courses. Maintenant, je regrette... »

La lune disparut derrière des nuages, et les marécages devinrent plus indistincts. Les buissons disséminés dans les hautes herbes semblaient de vagues silhouettes humaines. C'était comme si un rideau de ténèbres tombait sur ce paysage désolé...

« Trop tard pour regretter, répliqua Alec. Moi, je dois retrouver Black.

— Ce serait une folie ! protesta le capitaine. Vous ne pouvez faire autrement que de l'attendre ici. Il ne tardera pas à revenir.

— Il faut que je cherche un moyen de l'empêcher de s'enliser ou de se noyer », s'obstina Alec.

Il ajouta, après avoir regardé un instant les empreintes de sabots, au-delà du canal :

« Peut-il aller loin avant de s'enliser ?

— Bien sûr, répondit le capitaine. Cependant, il restera dans les parages, croyez-moi. C'est pour cela qu'il faut que nous l'attendions ici. Nous ne pouvons pas faire autre chose. »

La lune, dégagée des nuages, reversa sa clarté sur les marécages.

« Si, dit Alec. Il y a au moins une chose que je peux faire. Black sait que je suis ici. Il viendra donc dans ma direction. Voulez-vous m'aider ? »

Comme le capitaine ne répondait pas, le jeune garçon répéta sur un ton ferme, mais sans irritation :

« Voulez-vous m'aider ? Vous avez une grande part de responsabilité dans cette affaire. »

Le capitaine tressaillit et ne répondit pas. L'eau clapotait autour des herbes. Alec entendit au loin un cri d'oiseau... un cri qu'il lui sembla reconnaître. Mais ne se trompait-il pas ? Avait-il déjà entendu ce cri singulier ? Et à quel moment ?

« Alors, capitaine, m'accompagnez-vous, oui ou non ? »

Le capitaine réfléchissait, hésitait encore. Finalement, il prononça du ton le plus aimable :

« Comme vous l'avez dit, Alec, tout cela est ma faute. Il importe néanmoins que vous attendiez demain. Si Black n'a pas reparu, je partirai à sa recherche avec vous. Croyez-moi, les marécages sont dangereux la nuit.

— Demain matin, il sera peut-être trop tard », objecta Alec.

Il ne comprenait que trop bien l'attitude du capitaine. Si celui-ci refusait de s'aventurer la nuit dans les marécages, c'était uniquement par superstition. « Croit-il vraiment à l'histoire de Kovi ? se demandait Alec. Il est probable que, s'il me l'a racontée, c'est toujours pour la même raison : il voulait m'inciter à ne pas bouger, à ne pas quitter ma chambre. Eh bien, il s'est trompé ! »

Et le jeune garçon s'engagea sur le sentier qui longeait l'eau noire. Ce que voyant, son hôte lui cria :

« Je vous en prie, restez... restez ! Il faut attendre le jour ! »

Mais Alec continua sans se retourner une seule fois. Il sentit, à son étonnement, que le sol était plus ferme qu'il ne l'avait prévu. « Dans ces conditions, se dit-il, je vais pouvoir marcher commodément et vite. »

À ce moment, le capitaine hurla :

« Vous mourrez avec votre cheval ! Revenez, Alec ! Sinon, vous êtes fichu ! »

Alec fut troublé par cette menace. Mais il n'en fit pas demi-tour pour autant. Une immense étendue se déployait devant lui. Bien sûr, le capitaine lui avait rendu service. Puis il avait fait une action blâmable en ne respectant pas sa parole. Cependant, Alec ne lui en voulait pas. Devant cet homme, il n'éprouvait plus ni crainte ni colère, seulement de la pitié pour son esprit probablement détraqué.

Il glissa, rétablit l'équilibre et se remit à mar-

cher en pressant le pas. Son seul espoir était que Black ne se fût pas trop éloigné. Dans ce cas, il le retrouverait à un coude du canal. Il souffrait moins de la tête. Mais sa vue restait assez brouillée. Il avait l'impression de se déplacer dans un rêve semblable à celui qui l'avait tourmenté dans la chambre de la maison, pendant son sommeil. Pour se prouver qu'il ne rêvait pas, il cassa une petite branche et se piqua l'avant-bras. Puis il continua son chemin.

Bientôt, il ralentit, ne s'avança qu'avec prudence. C'est que, maintenant, il avait atteint la berge surélevée du canal et suivait sans peine les empreintes que son cheval avait laissées dans le sol.

Pour lui, il n'était désormais plus question de revenir à l'endroit où il avait laissé le capitaine. Il avait pris sa décision une fois pour toutes, quels que fussent les dangers auxquels il pouvait s'exposer. Il n'aurait pas peur, mais se tiendrait sur ses gardes. Ainsi, il éviterait sans doute les pièges tendus par la nature.

Il n'apercevait même plus le hammock : de toutes parts, les marécages le cernaient. Serait-il capable de retrouver la route de la maison ? On pouvait si facilement s'égarer dans ce désert !

De temps à autre, il trébuchait le long de la rive et risquait de basculer dans l'eau. Toutefois, à l'exception de ces légers retards, il marchait à bonne allure. Il s'arrêta pour tendre l'oreille au bruit métallique du vent qui, soufflant un peu plus fort, froissait les hautes herbes sèches. Une minute, il resta immobile, pour inscrire ce bruit dans sa mémoire. Car ce n'était pas le moment de permettre à son esprit de vagabonder. « Je cherche mon cheval, se disait-il. C'est quelque chose de précis qui exige des nerfs solides, de la prudence, du réalisme. Ici, l'imagination n'a pas sa place ! »

Du reste, ce qu'il avait à faire était simple : suivre le canal et les empreintes de Black. Sans trop d'efforts, il imposa le calme à ses nerfs et à son cerveau. Il était résolu à ne pas se laisser impressionner par des bruits étranges. S'il gardait son sang-froid, il trouverait son cheval et reviendrait avec lui au hammock. « Ce qu'il faut, se disait-il, c'est que je garde confiance en moi. Oh ! bien sûr, le jeu n'est pas facile. Les obstacles sont, d'une certaine façon, plus difficiles que tous ceux que j'ai franchis au cours de mon existence ! »

Il estimait avoir déjà marché plus de trois kilomètres lorsqu'il constata que, devant lui, le mur végétal s'écartait, s'élargissait et formait une vaste crique traversée par le canal principal, mais pour le reste asséchée et profonde d'une quinzaine de mètres. Alec y descendit et chercha des empreintes. En vain. Il avait perdu la piste de Black !

Autour de la crique, les herbes, privées d'humidité depuis longtemps, étaient mortes. Le fond de la crique était sillonné d'étroits canaux complètement à sec. Alec pensa : « Et si Black avait suivi l'un de ces canaux ? » Il fut sur le point de s'avouer vaincu. Que pouvait-il faire s'il n'avait plus la moindre piste à suivre ? Puis, promptement, il se ressaisit : « Je ne vais tout de même pas me laisser abattre ! » Et il entreprit d'explorer chaque canal, l'un après l'autre. Cette fois encore, il ne trouva aucun indice.

Il décida d'employer un autre moyen. Il siffla, hurla le nom de son cheval. Quand il cessa ses appels, aucun hennissement ne lui répondit.

Toutefois, il ne renonça pas. Il résolut de rester dans la crique et de renouveler ses appels à intervalles réguliers. Certes, il aurait pu suivre n'importe quel canal. Mais alors il risquait de ne pas retrouver Black ou de s'égarer. Le plus raisonnable était donc de se reposer, de garder intacte son énergie. Ainsi, il serait prêt à réagir dès qu'il capterait une réponse de son cheval...

Pendant un long moment, aucun bruit ne troubla le silence de la nuit. Puis Alec entendit clapoter l'eau dans les herbes. Était-ce vraiment le vent qui était la cause de ce clapotis ? N'était-ce pas plutôt un alligator ? Alec scruta l'eau du canal principal...

C'est alors qu'il vit une silhouette humaine qui s'avançait en trébuchant dans la vase. Cette silhouette se tenait entre lui et le ciel éclairé par la lune.

Presque immédiatement, le jeune garçon reconnut le capitaine. Il lui cria :

« Je suis ici ! »

En même temps, il se demandait avec inquiétude : « Pourquoi a-t-il changé d'avis ? Pourquoi m'a-t-il suivi ? » Car, enfin, dans ces marécages, le plus grand danger ne pouvait-il pas venir de lui... ce détraqué dont la folie était peut-être contagieuse ?

Mais, en voyant le capitaine marcher vers lui, Alec se rassura : « C'est moi qui ne suis pas dans mon assiette. Il n'a que de bonnes intentions. Connaissant assez bien les marécages, il va sûrement m'aider à retrouver Black. »

Le capitaine posa sur Alec un regard fixe, sans expression, dans un visage qui semblait vieilli et vidé de sa force. « Cet homme, pensa le jeune garçon, a certes le contrôle de son corps, il n'en reste pas moins dominé par ses craintes et ses superstitions. »

En effet, c'était comme si le capitaine, après avoir beaucoup hésité, s'était lancé sans plus réfléchir dans cette périlleuse aventure. Et, maintenant, il avait l'air de s'apprêter à assister à ses propres funérailles !

Alec tressaillit à cette image, puis, se dominant, expliqua :

« Je ne parviens pas à retrouver la piste de mon cheval. Savez-vous par où il a pu passer ? »

Le capitaine esquissa un sourire :

« Tous les canaux conduisent au même endroit.

— C'est-à-dire ?

— Au repaire de Kovi ! »

D'un mouvement machinal, le jeune garçon s'avança vers le plus proche des canaux asséchés. Mais, brusquement, il s'arrêta en entendant le capitaine lui crier :

« Non, non ! C'est là-bas qu'il faut passer ! Vite ! vite ! »

Alec suivit le capitaine qui se hâtait vers un canal situé à l'extrémité de la crique. Ce canal était le dernier qu'il aurait choisi s'il n'y avait eu personne pour le conseiller.

Derrière son hôte, il courut à travers les herbes sèches ou pourries dont l'odeur le prenait à la gorge. Puis lui parvint le cri d'oiseau qu'il avait déjà entendu et qui semblait moins lointain qu'auparavant. Alec leva les yeux, scruta le ciel nocturne. Il ne vit aucun oiseau, mais continua d'entendre ce cri obsédant qui sans cesse se rapprochait... et parut soudain éclater juste au-dessus de sa tête !

Il s'arrêta, pétrifié. Le capitaine, lui aussi, s'arrêta. Alec l'interrogea du regard. Cependant, sans un mot, immobile telle une statue, le capitaine interrogeait le ciel.

Le cri ne cessait pas, et ses échos se répercutaient à des distances considérables, comme si l'oiseau voulait tenir éveillés les innombrables habitants des marécages. Alec se sentit envahi par la terreur, et, de toutes ses forces, il lutta pour ne pas lui céder. « C'est un oiseau, se disait-il, un banal oiseau dont j'ignore le nom. Il n'y a là rien de quoi être alarmé. Il n'est pas question pour moi de céder, comme cet homme, à des épouvantes superstitieuses. Non, pas question ! »

Néanmoins, en écoutant ce cri qui rappelait, par sa répétition, la flûte de la partition accompagnant le numéro de la jument grise, il avait l'impression que, petit à petit, son estomac se contractait, allait chavirer. Il se demandait : « Que m'arrive-t-il ? Tout cela est-il réel ? N'est-ce pas plutôt que je continue de rêver ? »

Enfin, le cri cessa aussi brusquement qu'il avait commencé. Alec se tourna vers le capitaine. Il espérait que celui-ci lui donnerait une explication de ce qu'il venait d'entendre. Mais il comprit qu'il ne tirerait rien d'un homme dont les lèvres tremblantes émettaient une sorte de gémissement. Il fut donc contraint de patienter.

Ce fut seulement au bout de plusieurs minutes que le capitaine, sortant de sa torpeur, se remit en marche.

Et, au lieu de faire demi-tour, il continua dans la même direction. Il s'élança au pas de course le long du même canal asséché. Alec le suivit de son mieux. Il glissa sur des herbes coupantes, tomba, se releva non sans difficulté et eut de la peine à rejoindre son compagnon.

La nuit restait silencieuse. Pourtant, Alec avait la sensation que le capitaine et lui n'étaient plus seuls. De chaque côté du canal, il y avait comme des rangées de silhouettes aux formes différentes.

« Ce ne sont que des buissons et des touffes d'herbes, se dit Alec. Il ne faut pas que je sois troublé par des enfantillages. J'ai une mission à remplir. C'est elle seule qui compte. »

Toutefois, de mystérieux pressentiments le harcelaient. Alors, pour les chasser, il courut plus vite.

Bientôt, au milieu du canal, apparut un ruban d'eau sombre. Il devait y avoir, aux environs, une source... ou bien le hammock. Sur les pas du capitaine, Alec descendit au fond du canal, progressa en pataugeant, sans oublier que l'eau pouvait à chaque mètre cacher un alligator ou un serpent.

Dans le sillage du capitaine, il remonta sur la berge et se vit alors entouré d'herbes plus hautes que lui. Il pensa qu'en un tel endroit on pouvait aisément perdre le sens de l'orientation. Mais, comme le moment était mal choisi pour réfléchir, il continua sans hésiter de suivre son compagnon.

Le sol étant plus sec, il marcha avec assez de facilité. Il avait néanmoins de la peine à ne pas se laisser distancer, car le capitaine courait plus qu'il ne marchait. Alec était maintenant persuadé que le canal se terminerait bientôt et qu'un hammock se dresserait au-delà d'un rempart de végétation. « Pourvu que ce soit la fin du voyage ! » murmura-t-il.

Tout à coup, ils débouchèrent sur une sorte de vaste piste à l'extrémité de laquelle le hammock apparaissait au milieu d'un anneau d'herbe.

Le capitaine s'arrêta, se tourna comme pour s'assurer qu'Alec était toujours là. Puis, montrant le hammock d'un geste fou, il prononça d'une voix entrecoupée :

« Le voilà... le repaire de Kovi ! »

Chapitre 12

Le repaire de Kovi

Alec s'engagea, à la suite du capitaine, sur le sol spongieux de la piste. Il entendit la toux rauque qui est le grognement des alligators mâles. Mais il savait que le plus grand danger était représenté par les trous emplis de vase. On pouvait y être englouti en quelques secondes si personne ne venait à temps vous secourir.

Chaque fois que cela lui était possible, le capitaine se tenait au bord de la piste, là où le sol était assez ferme, et il progressait en s'accrochant à des racines. Alec le suivait de près. Il se sentait pourtant très seul. Et, sans cesse, il fouillait l'obscurité du regard en se disant :

« Jamais Black n'aurait emprunté cet itinéraire... »

Juste devant lui, un rayon de lune éclaira un miroir verdâtre. Il s'agissait d'une source tarie qui attendait la saison des pluies pour se ranimer.

Alec retenait sa respiration, tant l'odeur de la végétation pourrie lui était désagréable. Et la fatigue le faisait souvent trébucher.

Le capitaine allongea le pas, se courba pour pénétrer dans un enchevêtrement de fourrés couverts de lianes. Alec se hâta de le rejoindre. Plus petit, il dut à peine se pencher pour glisser dans les fourrés.

Dès qu'il eut atteint le sol surélevé au centre du hammock, le capitaine fit halte. Dans l'étrange clarté nocturne, son visage ressemblait plus à celui d'un Indien que d'un Noir.

« Mon cheval ne peut pas être ici », affirma Alec.

Le capitaine murmura :

« S'il n'a pas rebroussé chemin, nous le trouverons de l'autre côté du hammock. Il y a là-bas une source qui alimente tous les canaux. »

Et il reprit sa marche à travers la végétation. Cette fois, Alec ne lui permit pas de le devancer. Bientôt, ils débouchèrent ensemble sur une clairière dont le centre était occupé par une colline de hauteur moyenne.

Le capitaine contourna cette colline, une bosse de quinze mètres, dont Alec savait qu'elle était une sépulture indienne. Le hammock, grâce à son isolement, avait sans doute procuré dans le passé une excellente cachette et un refuge aux Indiens traqués par leurs ennemis. « Mais, se demandait le jeune garçon avec angoisse, que me réserve-t-il aujourd'hui ? »

Un peu plus loin, le capitaine s'immobilisa encore. Il prit Alec par le bras et lui souffla à l'oreille :

« Écoutez ! »

Alec entendit à quelques pas un bruit faible, une sorte de soupir. Il se tourna dans la direction de ce bruit, et vit une forme grise, volumineuse, passer entre lui et les fourrés. Cette forme se fondit si vite dans l'obscurité qu'il ne put s'en faire une idée, fût-elle approximative. Et, un moment après, ce fut comme s'il n'y avait rien eu du tout.

« Qu'est-ce que c'était ? » demanda le jeune garçon.

Le capitaine, sans paraître avoir entendu la question, reprit sa course. Alec pensa : « Après tout, ce que je viens de voir n'est peut-être pas explicable... »

Il buta, tomba sur les genoux et se releva vite pour s'enfoncer, derrière le capitaine, dans un rideau de fougères géantes. Il était soudain au cœur d'un monde clos, différent du monde réel. Plus un bruit. Même pas celui du vent dans les herbes des marécages.

Mais le silence fut de courte durée. Un cri éclata, s'amplifia, prit un accent triomphant... et s'interrompit. Qui pouvait crier de cette façon ? Un oiseau de proie ?

Le capitaine courait plus vite que jamais. Alec avait de la peine à le suivre, malgré sa volonté de tenir bon. Combien de temps durerait cette harassante poursuite ?

Enfin, le capitaine stoppa près d'une sorte de

bassin profond, contenant un peu d'eau. C'était la source où s'alimentaient les multiples canaux.

« Il viendra ici... à moins qu'il n'y soit déjà venu, dit le capitaine. Maintenant, écoutez, écoutez bien ! »

D'abord, Alec n'entendit rien. Au bout d'une minute, lui parvint un murmure... ou plutôt ce qui semblait le gémissement d'un animal blessé.

Il scruta la végétation au-delà de la source et eut l'impression d'apercevoir, dans un groupe de palmiers, une mouvante forme blanche. Cela ne dura que deux ou trois secondes.

Cette fois, Alec se promit de ne plus partager stupidement les superstitions du capitaine : « C'est de la faiblesse... et de la sottise ! se dit-il. Qu'est-ce que j'ai vu ? Un fantôme ? Sûrement pas. Un animal quelconque. C'est tout. »

Il se tourna vers son compagnon. Celui-ci regardait fixement le groupe de palmiers, comme si, pour lui, un objet y était nettement visible. Soudain, il tressaillit, fit un mouvement en avant. Alec voulut le retenir. Mais, d'un geste brutal, le capitaine se débarrassa de lui et marcha vers les arbres d'un pas ferme, celui d'un homme étranger à la peur.

Alec, résolu à ne plus se laisser émouvoir pour un oui ou un non, attendit calmement son retour. D'abord, il contempla le tremblant reflet de la lune sur l'eau noire. Ensuite, son regard se porta vers un grand chêne qui se dressait à l'écart des palmiers. S'il grimpait dans ce chêne, peut-être pourrait-il apercevoir son cheval se rapprochant du hammock...

Il n'eut pas le loisir de mettre cette idée à exécution. Une silhouette se dégageait d'un fourré et s'avançait en chancelant. Alec eut du mal à reconnaître le capitaine. Il se précipita à sa rencontre :

« Qu'y a-t-il ? Que s'est-il passé ? »

Avant que le jeune garçon pût le retenir, le capitaine s'abattit sur le sol. Comme son visage était changé ! Creux, les traits tirés. Alec eut un haut-le-corps. Que s'était-il produit chez ce colosse qui, auparavant, semblait si vigoureux et si fort ?

Il insista :

« Que vous est-il arrivé ? »

Les lèvres épaisses du capitaine bougèrent, mais n'émirent qu'une sorte de balbutiement. « Qu'a-t-il fait, qu'a-t-il donc vu pendant ces brèves minutes ? » se demandait Alec.

Enfin, les lèvres du capitaine cessèrent de bouger. Ses yeux se rivèrent sur ceux d'Alec, sans un battement de paupières.

Le jeune garçon crut comprendre : « Il est au bord de la panique. Mais, moi, qu'est-ce que j'ai à voir dans tout cela ? C'est un demi-fou. Il a une vision déformée des choses et des êtres. Il faut que je garde la tête sur les épaules. Je ne crois ni à Kovi ni à un monstre quel qu'il soit. Je me moque des superstitions. J'ai bien assez des dangers que présentent les marécages. Je ne dois penser à rien d'autre. »

« M'entendez-vous ? » interrogea-t-il.

Le capitaine, à grand-peine, se mit sur son séant et, sans quitter du regard le jeune garçon, se balança d'avant en arrière.

« Voulez-vous que je vous aide à vous lever ? » reprit Alec.

Et, joignant le geste à la parole, il tenta de remettre le capitaine sur ses pieds. Celui-ci le repoussa et resta assis, en continuant à se balancer.

Alec estima qu'il ne parviendrait pas à le décider de se lever. Selon lui, le capitaine était persuadé d'avoir rencontré Kovi. D'ailleurs, il n'y avait que la vue pourtant improbable du monstre qui pouvait avoir amoindri à ce point sa vigueur physique et le reste de ses facultés mentales. « Il a couru une aventure que je peux facilement imaginer, se disait Alec. Mais attention ! Si j'essaie de trop me la représenter, je risque de sombrer dans la folie à mon tour ! »

Et à haute voix il ajouta :

« Il faut, capitaine, que j'aille chercher de l'aide. M'entendez-vous ? Me comprenez-vous ? »

Il attendit un mouvement de tête, un signe d'approbation... Le capitaine se contenta de lui sourire... un sourire rusé qui semblait signifier : « Je sais où tu vas. Je sais ce qui va t'arriver ! »

Alec faillit entamer une discussion. Mais à quoi bon ? La seule solution était de trouver promptement Black et d'aller donner l'alerte.

« Restez ici. dit-il à mi-voix. Je serai de retour dès que possible. Ce sera peut-être long. Il vous faudra patienter. »

Le capitaine avait-il saisi un seul mot ? Bah ! Quelle importance désormais ?

D'un pas rapide, Alec contourna la source. Quelque part dans l'obscurité éclata un cri strident, suivi d'un « plouf ! »: un alligator avait guetté le jeune garçon au passage. Toutefois, celui-ci n'avait pas l'intention de patauger dans l'eau pour atteindre l'autre bord du canal. Son plan était de gagner les palmiers, puis de grimper au chêne pour voir si son cheval n'était pas dans les parages.

En approchant des palmiers, il entendit un froissement dans le feuillage. « Sans doute un oiseau, se dit-il. En tout cas, ce ne peut être ce que je cherche. »

Comme il se l'était promis, il continua en suivant le bord de l'eau. Il avançait d'un pas prudent, ne voulant pas être surpris par la brusque attaque d'un alligator. La pleine lune l'aidait à trouver son chemin. Souvent, il lui jetait un coup d'œil pour s'assurer qu'elle ne serait pas bientôt cachée par des nuages.

Soudain, il y eut un craquement dans les buissons et le silence retomba. Le jeune garçon resta un instant aux aguets. « Probablement un animal que j'ai dérangé, pensa-t-il. Je n'ai rien de sérieux à redouter... excepté mon imagination. »

Il reprit sa marche, frôla des arbres, particulièrement des mangliers. Une fois encore, un bruit l'immobilisa. Il s'agissait de la note flûtée qu'il connaissait si bien qu'en l'entendant son cœur battit plus vite.

Un bon moment s'écoula avant qu'il l'entendit de nouveau. Et elle venait d'une autre direction. « C'est un oiseau », se dit-il. Mais la note fut répétée à maintes reprises.

Alors, sans attendre, le jeune garçon repartit, marchant plus vite qu'auparavant. La note, au lieu de s'affaiblir dans le lointain, se rapprocha et augmenta d'intensité jusqu'à devenir un sifflement déchirant. Alec était bien décidé à ne pas se retourner. Il continua à marcher, serrant les dents, les yeux fixés devant lui.

Cependant, le sifflement s'amplifiait, le cernait, l'enveloppait. Alors, ce fut plus fort que lui, il ralentit, plaqua ses mains sur ses oreilles. Et, du regard, il scrutait les arbres. Comme il l'avait prévu, il ne vit rien sur les branches, pas un oiseau, pas un être vivant.

Qui produisait ce bruit ? Il venait de toutes les directions à la fois. Alec avait l'impression qu'on cherchait à l'entraîner, à l'attirer. Où et pourquoi ?

Était-ce là ce qui avait terrifié le capitaine ? « Ou bien, se demandait le jeune garçon, est-ce lui qui a créé cet appel dément et qui me l'a transmis comme une maladie ? »

Il laissa retomber ses mains à ses côtés et prononça à haute voix :

« Je n'entends plus rien ! Non, je n'entends plus rien ! »

Et il s'élança au pas de course, écartant des lianes et des mousses grimpantes qui se trouvaient sur son chemin. Quand il atteignit le chêne, il découvrit que la nuit était redevenue silencieuse, comme si le bruit n'avait jamais existé. « Pourquoi m'a-t-il paru si réel ? s'interrogeait Alec. Tout de même, je ne suis pas fou, moi ! »

Il examina le tronc du chêne. Cet arbre s'élevait bien au-dessus des autres. De sa cime, on devait apercevoir les marécages jusqu'à l'horizon.

Il sauta, attrapa la plus basse branche, puis, de là, se hissa de branche en branche, toujours plus haut. Enfin, il atteignit la cime et attendit que la lune se fût dégagée d'un nuage.

Ce fut seulement au bout de quelques minutes qu'il put voir la vaste étendue d'herbe et les canaux asséchés qui la sillonnaient. Il examina avec soin chaque canal. Puis, tout à coup, il ne s'intéressa plus qu'au seul point qui se déplaçait dans le paysage. Et, lancé à pleine gorge, son appel — « Black ! Black ! » — éveilla tous les échos de la nuit.

Chapitre 13

Kovi

L'étalon noir était presque à l'extrémité du canal principal. Sa silhouette se découpait comme celle d'une statue de bronze.

Alec cessa de l'appeler et commença de descendre. Il n'était plus qu'à trois mètres du sol lorsqu'il entendit ce qui semblait un gémissement d'animal. Immédiatement, il s'arrêta, se cramponna à l'écorce pour ne pas tomber. Il était certain que ce gémissement provenait de la cime du chêne. Certes, il y avait des animaux excellents grimpeurs. Les opossums, par exemple...

D'abord, le gémissement fut assez discret. Ensuite il augmenta en volume et se changea en une succession de sanglots. Alec se ravisa : non, ce bruit ne pouvait être dû à un animal. Il avait quelque chose d'humain.

« Mais est-il réel ? se demanda le jeune garçon,

n'est-ce pas mon imagination qui me trompe encore ? »

Le gémissement s'interrompit et fut suivi d'un long silence. Alec décida de regagner le sol, puis de rejoindre Black. Près de lui, il retrouverait tout son courage.

Il se laissa glisser le long du tronc, chercha une branche où il pût appuyer ses pieds. À un moment, levant la tête, il distingua à travers le feuillage quelque chose qui bougeait, une sorte de tache blanche, transparente, faiblement éclairée... et où se dessinaient les traits d'un affreux visage ! Au bout de trois ou quatre secondes, la vision s'effrita, disparut. Mais le gémissement reprit de plus belle, cette fois coupé de sanglots qui semblaient exprimer un désespoir profond.

Dans son émotion, Alec lâcha le tronc du chêne et tomba.

Bien qu'il se fût retenu aux branches pour ralentir sa chute, il heurta durement la terre, roula sur lui-même. Dès qu'il se fut remis debout, il fila dans les fourrés sans jeter un regard derrière lui.

Il passa entre des arbres, traversa des étendues de vase et d'eau noire. Et au diable les embûches ! Rien ne pouvait être comparé à ce qu'il venait de voir ! L'image en restait gravée dans son esprit. Il n'avait qu'une idée : s'éloigner le plus possible. Résolument, il s'engagea dans un marécage. Il ne sentait pas que les herbes lui égratignaient les cuisses, les mains, les avant-bras. Pourrait-il échapper au lugubre gémissement qui paraissait le traquer, quelle que fût la direction qu'il empruntait ?

Il ne courait pas : il fuyait. Il en fut ainsi

jusqu'à l'instant où ses jambes le trahirent. D'un ultime effort, il s'arracha à l'eau et à la végétation du marécage, grimpa sur une sorte de plate-forme, tomba, ne bougea plus. Il attendait d'avoir retrouvé son souffle et se demandait si le gémissement cesserait jamais.

Au bout de cinq minutes environ, il se releva et se remit à courir. Il fonçait en aveugle, de sorte qu'il faillit s'enliser dans les sables mouvants. Sa vitesse le sauva. Grâce à elle, il patina à la surface du sable et enfin aperçut une autre plate-forme. Alors, il saisit ce qui se trouvait à portée : touffes d'herbes, racines, et, rampant à la façon d'un serpent, il s'arracha à ce piège mortel.

Après tant d'efforts et d'émotions, il demeura un bon moment sur le dos. Quand il eut un peu récupéré, il s'assit et regarda derrière lui. Personne ne paraissait l'avoir suivi. En tout cas, il n'entendait rien, ne voyait rien. Avait-il rêvé ? En fuyant s'était-il donné des raisons d'avoir peur ? Maintenant, peu lui importait. Il lui suffisait de se sentir vivant. Il n'avait aucun désir de réfléchir, de trouver une explication plausible à ce qu'il avait éprouvé. La nuit était silencieuse. Ne s'agissait-il que d'un répit ?

Combien de temps demeura-t-il assis ? Sans doute assez longtemps. Enfin, il se leva, s'éloigna. Il était repris par l'idée de retrouver son cheval. Ayant atteint un tournant de la piste qu'il avait empruntée, il hésita à continuer. N'y avait-il pas quelqu'un qui rôdait dans les parages ? Malgré cela, il repartit, mais sans hâte. Il était résolu à ne plus céder à la peur.

Une forme scintillante passa à sa gauche et disparut. Une écharpe de brume ? Alec l'aurait souhaité. Mais il savait qu'il n'en était rien. Bien qu'il tendit constamment l'oreille, il ne percevait aucun hennissement, ni le moindre claquement de sabots sur le sol. Soudain, il y eut un plongeon... là où il n'y avait pas une goutte d'eau ! Et ce plongeon fut suivi d'un léger froissement dans l'herbe.

Alec fouilla la nuit des yeux. Presque tout de suite, il aperçut des formes vagues, flottantes. Il secoua la tête avec colère : « C'est moi qui invente ces apparitions ! Est-ce que je deviens timbré ? Est-il dit que je n'échapperai pas à ce sinistre monde du surnaturel où se complaît le capitaine ? »

Puis ce fut, à courte distance, un son qui se répéta à des points différents... devint un caquetage, une conversation tenue par une douzaine de voix...

Tout à coup, ces notes s'unirent et devinrent lamentation. Alec avait l'impression que cette lamentation pénétrait son cerveau. Et il était incapable de bouger, de fuir... et le bruit se rapprochait... jusqu'à ne plus être qu'à une dizaine de mètres de l'endroit où se tenait le jeune garçon. « Incroyable ! se disait-il. Pourtant, c'est réel. Ce n'est pas un cauchemar. Le danger est là... oui là ! » Il aspirait l'odeur douceâtre, écœurante, qui avait déjà empli ses narines durant son sommeil dans la chambre de la maison. Ce n'était pas la puanteur caractéristique des marécages. C'était une odeur de décomposition et de mort !

Dans l'herbe, pas un mouvement, rien qui pût en indiquer la provenance. « Il n'y a là rien d'humain », se disait Alec. Cependant, lorsqu'il tendit vraiment l'oreille, il crut bien distinguer deux syllabes répétées inlassablement : « *Ko... vi ! Ko... vi !* »

Alors, il eut un sursaut. Il revoyait la gravure que lui avait montrée le capitaine, ce dessin, plutôt ce fouillis de lignes représentant des visages ébauchés, des membres disloqués. C'était là Kovi, tel que l'avaient vu les ancêtres du capitaine ! Et, malgré sa répulsion, Alec restait cloué sur place, paralysé, incapable de fuir !

Subitement, le gémissement cessa et le grand silence nocturne retomba sur les marécages. La paix revint avec le silence. Alec en profita pour rejeter avec violence la folie qui le menaçait : « Il n'y a pas de monstre, sauf celui que mon esprit fabrique de toutes pièces ! »

Néanmoins, il admettait qu'il y avait bien quelque chose dans l'herbe. Ce quelque chose était toujours là, reviendrait à la charge. « Alors, je lui ferai face, se promit-il, car il s'agira de la réalité et non de ce que j'ai inventé auparavant. Je n'ai pas envie, comme le capitaine, de devenir fou ! »

Une nappe de brume apparut aux pointes de l'herbe. Grise d'abord, elle prit des reflets d'or.

Même s'il l'avait voulu, Alec n'aurait pu s'en détourner. Pendant quelques minutes, elle ne bougea pas. Elle s'élargit, commença de flotter en direction du jeune garçon. Elle semblait transparente, car Alec y apercevait (mais peut-être était-ce une illusion) la végétation qui se trouvait derrière elle. Toujours est-il que, se frayant un chemin dans la pénombre, elle continuait d'avancer.

Bizarrement, il n'avait pas peur et n'était pas surpris. C'était comme si, une fenêtre de son esprit s'étant ouverte, il était capable pour la première fois depuis des heures de voir et de penser clairement.

Il savait que la brume était aussi réelle que le marécage. Il l'acceptait pour ce qu'elle était. Elle appartenait au décor.

Il la regardait glisser vers lui, lumineuse, mouvante, ayant les apparences de la vie. Pourtant, elle n'était rien qu'une nappe de brume. Elle ne rappelait en aucune façon un être humain ou un animal. En outre, elle paraissait si légère qu'elle donnait l'impression de pouvoir se dissiper d'un instant à l'autre.

Elle s'immobilisa, mais augmenta de volume. Elle se trouvait alors à une vingtaine de mètres. Dans sa masse striée de fils d'or, Alec distingua une silhouette très petite, de la taille d'un enfant. Graduellement, cette silhouette se précisa... Alec ferma les yeux. « Inutile de regarder cela plus longtemps, pensa-t-il. C'est sans doute encore une fois un produit de mon imagination... quelque chose qui n'existe pas. »

Mais, malgré lui, il releva les paupières. Ce fut pour constater que la brume n'avait ni bougé ni grandi, et que, dans sa masse, elle éclairait toujours la même silhouette. Une tête humaine... des traits enfantins. Le corps ? Apparemment minuscule et de proportions parfaites. Et, au cœur de la brume, ce corps marchait... « Il est vivant ! » murmura Alec. Ce fut sa dernière pensée raisonnable. Perdant tout contrôle de ses nerfs, il poussa un hurlement de terreur !

La petite silhouette grandit très vite. Cinq ou six secondes plus tard, elle emplissait la nappe de brume. Puis elle continua à se développer, et son éclat devint aveuglant.

Alec voyait exactement ce que le capitaine avait vu, ce que lui aussi connaissait déjà par une gravure et par son cauchemar : une tête informe, une prunelle unique, des mâchoires béantes qui cherchaient une victime. Et ce monstre marchait droit dans sa direction !

Chapitre 14

Le pont

Alec, fasciné, ne pouvait se détourner de ce spectacle. Il avait l'impression que tout vacillait autour de lui, qu'on martelait sa tête à grands coups, que sa vue s'obscurcissait. Aucune possibilité d'évasion. Il ne lui restait qu'à se résigner, à subir jusqu'à... Oui, jusqu'à l'anéantissement. D'ailleurs, la mort flottait dans l'atmosphère. Il la sentait sur ses mains, sur sa nuque. C'était comme un serpent qui se préparait à l'étouffer de ses anneaux.

Brusquement, une vague lumineuse l'enveloppa, le souleva, le projeta en avant. Cette vague était semblable à une flamme. Pourtant, il n'éprouva aucune brûlure, aucune souffrance. Rien... sinon qu'il flottait et que le sol, au-dessous de lui, explosait en un chapelet de détonations assourdissantes.

Puis tout s'éteignit. Et il se trouva plongé dans

les ténèbres. Malgré ce qu'il venait de subir, il pensait de nouveau clairement. Son corps seul semblait brisé, sans réactions. Alec avait oublié où il était et, en même temps, il savait ce qui lui arrivait. Il comprit que rien n'était fini, qu'il devait s'attendre encore à quelque rebondissement. Alors, il obéit, patienta, ignorant de quoi il s'agissait, mais convaincu que son esprit ne pouvait le duper. Quant à la peur ou à la panique ? Dissipées !

Une pensée lui vint :

« Je suis peut-être déjà mort ? »

Mais non, il vivait... d'une façon très éloignée de la réalité, dans un vide qui aurait été total s'il n'y avait eu cette obscurité presque concrète et surtout l'attente. Il brûlait de savoir ce qui allait se produire. Avait-il les yeux ouverts ou fermés ? Cela ne faisait aucune différence pour lui qui baignait dans le noir absolu.

Tout à coup, il découvrit un point coloré. Ce point se déplaçait selon un itinéraire compliqué, hésitant. « Il me cherche, se dit Alec. Si je l'aidais ? Oui, mais... à quoi bon ? » Le point grossissait. Était-ce le commencement ou la fin ? « Et, au bout du compte, suis-je vivant ou mort ? Car c'est là ce qui importe. »

En se rapprochant, le point émit un faisceau de rayons rouge foncé. Alec attendit, impassible. « Fuir ? se demandait-il. Dans quelle direction ? D'ailleurs, ma seule arme est mon esprit. »

Les rayons rouges l'entourèrent moins à la façon d'une lumière que d'une succession de vagues. Le flot montait, montait... Alec avait pratiquement oublié la monstrueuse silhouette enfantine de Kovi.

Il ne s'intéressait plus qu'aux rayons rouges, à leur progression, à leurs frôlements sur son corps. Dans un geste instinctif, afin de se frayer un chemin à travers cette lumière, il leva la main... et sentit quelque chose qui avait la fermeté de la chair... quelque chose qui, si près de lui, était, semblait-il, aussi vivant que lui-même !

Et, soudain, il eut la révélation d'avoir établi un pont entre deux mondes : le réel et l'irréel. Ce qu'il touchait, ce qu'il sentait sous ses doigts, c'était l'irréel. Dès qu'il retirerait la main, ce monde reculerait. « En somme, songeait-il, tout cela ne dépend que de moi. Tant que je n'ai pas peur, mon sort reste suspendu entre ces deux mondes qui existent l'un et l'autre, bien que dissemblables. Si j'ai peur, si je me laisse attirer par l'irréel, des êtres monstrueux m'assailliront. Mon corps restera intact mais mon esprit sera vite détruit ! »

À ce moment, il capta l'obsédante lamentation qu'il avait déjà entendue et qui emplissait de nouveau les moindres recoins du vide. Il tenta de ne pas l'écouter. Et, dans cet effort, sa respiration se fit rauque et bruyante. Mais ses doigts se serraient sur la lumière rouge, comme sur la main d'un ami. Il ne lâcherait pas prise. Il se refusait à avoir peur de ce monde irréel qu'il ne comprenait pas, et dont il découvrait qu'il était peut-être aussi réel que le sien !

Des sensations qu'il n'aurait pu décrire lui venaient en foule. La clarté rouge avait disparu, faisant place à l'obscurité. Pourtant, Alec n'était nullement effrayé. Il n'éprouvait ni souffrance ni

inquiétude. Il était très calme, parfaitement satisfait.

Le temps passa, long comme l'éternité. Alec flottait dans une atmosphère neuve qu'il n'aurait su décrire et où il était mystérieusement heureux. Une musique lointaine avait remplacé la lamentation. Elle venait à lui et le berçait.

Cette musique était apaisante. Alec se rendait compte, maintenant, qu'il avait eu tort d'avoir peur. Il jugeait enfantine la terreur qu'il avait éprouvée parce que son esprit essentiellement raisonnable rejetait... l'impossible. Il savait, désormais, qu'il y avait une autre réalité.

Il tendait l'oreille à la musique et en jugea l'interprétation très brillante. Quand elle cessa enfin, il entendit comme le murmure d'une assistance invisible, qu'il essaya de voir, mais l'obscurité était trop dense. Cependant, il se déplaçait maintenant sans difficultés. Ses mouvements étaient libres. Il ne sentait aucune angoisse, aucune appréhension. Il y avait aussi quelque chose de rassurant dans l'air qu'il respirait.

Sur sa gauche, l'obscurité s'éclaircit, se changea en un gris léger. Il marcha vers ce gris, aperçut des silhouettes, et nul visage. Il pressa le pas. Qui étaient ces gens ? Que faisaient-ils là ?

Soudain, il hésita : il n'avait rien en commun avec ces gens. Cette grisaille, là-bas, au creux du vide, n'était pas faite pour lui. Il recula, sans hâte. À quoi bon insister, essayer de voir... ce qui n'était peut-être pas visible ? Au demeurant, il était libre de s'éloigner, de partir. Aucune restriction ne lui était imposée. Sauf une seule : il devait croire dorénavant qu'il y avait un pont qui reliait le monde auquel il appartenait et un monde différent. De l'un comme de l'autre, il n'avait rien à craindre. S'il persistait dans cette croyance, le pont subsisterait toujours.

Il recula autant qu'il le pouvait. Le vent se reprit à souffler. Mais ce n'était plus le même vent. Il ne versait ni paix ni satisfaction. Il ne pénétrait ni le corps ni l'âme. Il ne donnait, en cette chaude nuit, qu'une sensation physique de fraîcheur.

Levant la tête, Alec huma l'odeur de pourriture des marécages. Puis sa vue devint meilleure. Il découvrit alors qu'il se trouvait sur une piste molle. Ses vêtements étaient souillés de boue et de vase. Un peu de gris — bien différent de ce qu'il avait observé déjà — perça l'obscurité. C'était, tracée à l'orient, sur l'horizon, la première lueur de l'aube.

Il regarda ses mains, elles aussi souillées de boue, et ne douta plus de l'aventure qu'il venait de vivre. Il l'accepta, ne lui chercha pas d'explication.

Il ne souhaitait plus que de récupérer son cheval. Combien de temps était-il demeuré en ce lieu ? Black se trouvait-il dans le voisinage ? Cette piste molle était-elle la même que celle où, de la cime du chêne, il avait aperçu l'étalon noir ? Il tendit l'oreille. Aucun bruit. Il se mit à siffler, et ses appels furent répétés par tous les échos.

Au bout d'un moment, une réponse lui parvint de la droite, un hennissement assourdi par les coups de sifflet. Il quitta la piste, s'enfonça à travers la végétation en direction du hennissement. Il se mit à courir, indifférent aux dangers qui pouvaient être à l'affût au fond des marécages. Les herbes tranchantes déchiraient ses jambes et ses mains. Mais peu lui importait. Une seule pensée l'occupait : rejoindre Black. Il força encore l'allure.

Quand il eut atteint la piste suivante et qu'il découvrit l'étalon noir, il se précipita sur lui, frotta son visage contre la tiède robe sombre. Il ferma les yeux, ne prononça pas un mot. Il savait, au contact et à la bonne odeur de son cheval, qu'il avait reconquis la sécurité.

Chapitre 15

Le retour

Après une ou deux minutes, Alec recula pour mieux examiner Black. Le long licol s'était pris dans un buisson du marécage. Cela s'était sans doute reproduit plusieurs fois et avait gêné les mouvements de l'étalon noir. Pour le jeune garçon, ce fut un jeu d'arracher le licol au buisson. Sur le corps de Black, il y avait des blessures provoquées par les ronciers. En outre, sa bouche était ensanglantée et de nombreuses épines s'emmêlaient à sa crinière et à sa queue. Mais rien de tout cela ne comptait du moment que le superbe cheval était vivant. « Nous allons pouvoir ensemble retrouver notre chemin », se disait Alec.

Puis, à haute voix :

« Viens. Il faut que nous sortions d'ici. »

Il aurait voulu se hisser tout de suite sur le dos de Black. Cependant, il y renonça, du moins pour l'instant, en s'apercevant qu'il tremblait comme quelqu'un qui a la fièvre. « Ce tremblement est une réaction naturelle à ce que je viens de subir, pensa-t-il. Ça passera bientôt. »

Black tenait la tête haute et ses grands yeux vifs essayaient de percer la nuit. Alec le toucha. L'étalon noir frémit. C'était un peu comme deux revenants qui échangeaient en silence des répliques...

Par ce moyen, Alec lui fit comprendre qu'ils appartenaient l'un et l'autre au monde de la réalité et que, même si les obstacles restaient nombreux sur la route du retour, aucun ne leur résisterait.

Le vent du petit matin prit de la force. Il soulevait la crinière et la mèche frontale de l'étalon noir. Celui-ci ne bougeait pas. Ses oreilles pointées captaient des bruits qui échappaient à Alec. Ses naseaux humaient les moindres odeurs. Selon toute évidence, Black était prêt à agir, à faire face.

Mais Alec attendait. Il savait que ses sens n'étaient pas encore en parfaite harmonie avec ceux de son cheval.

Au bout d'un temps assez long, il constata que cessaient sous sa main les froncements nerveux de la peau. Alors il admit que l'heure était venue de partir, car les dangers que l'étalon noir avait devinés dans la nuit s'étaient dissipés ou éloignés. Il saisit à deux mains la crinière, se hissa sur le large dos, faillit être emporté par son élan de l'autre côté, se redressa non sans peine et trouva enfin son assiette. Désormais, quoi qu'il arrive, il ne se séparerait pas de Black.

Il prononça à mi-voix, avec un battement de jambes :

« Eh bien, allons-y. »

Son intention était de regagner la clairière, de dire au capitaine qu'il y avait peu à redouter de Kovi, et d'ajouter :

« C'est un monstre imaginaire, une pure création de votre esprit. »

S'il parvenait à le raisonner, se promit-il, il réussirait peut-être à le persuader de l'emmener avec lui et, pourquoi pas ? à le prendre en croupe...

Devant Alec et l'étalon noir, il n'y avait plus désormais que les dangers normaux des marécages. Alec lui-même, ayant retrouvé Black et sa puissante présence, ne se sentait surtout plus abandonné à ses seuls moyens.

Lentement, avec prudence, il suivit la piste boueuse, jusqu'à l'endroit où il atteignit le sol surélevé du hammock bossu. Plus loin, il y avait la clairière où il avait quitté le capitaine. Mais celui-ci avait disparu sans laisser de traces !

Alec mit pied à terre et, tenant solidement le licol, car il n'avait pas envie que Black lui faussât encore compagnie, il parcourut la clairière en criant :

« Capitaine, où êtes-vous ? Ne m'entendez-vous pas ? »

Il tendit l'oreille. Pas de réponse. Dans son état, le capitaine n'avait pu s'éloigner du hammock. Où se cachait-il ?

Alec reprit ses recherches, explora les moindres recoins de la clairière, découvrit sur le sol la statuette en or, la ramassa, la retourna dans sa main. Les yeux verts parurent, comme la première fois, le regarder avec un battement de paupières. Il examina la grosse tête méchante, le corps tordu. Et il sentit la moutarde lui monter au nez à l'idée que cet objet ridicule suffisait à déclencher la folie chez un homme !

Il esquissa un geste pour lancer la statuette dans l'eau sombre du marécage. Puis il se ravisa en se souvenant de ce qu'il avait appris si peu de temps auparavant et oubliait déjà.

Cette statuette n'était qu'un symbole. On en faisait ce qu'on voulait. On y voyait ce qu'on désirait y voir. Par elle-même, elle n'était rien. Tout se passait dans l'esprit de celui qui la possédait.

Alec la fourra dans sa poche. L'essentiel était de dénicher le capitaine.

Chapitre 16

Kovi frappe !

Alec explora de nouveau la clairière. Il n'entendait qu'un bruit, celui que faisaient, à son côté, les sabots de Black. Il descendit dans un creux où poussaient quelques maigres palmiers nains. Là, il trouva des empreintes, larges, profondes et fraîches. À leur forme, elles ne pouvaient avoir été faites que par un homme lancé au pas de course.

Pour Alec, il n'était pas douteux qu'elles étaient dues au capitaine. Mais où avait-il puisé la force de courir ? Quand le jeune garçon l'avait quitté, le capitaine était dans un état de choc nerveux, incapable de parler, et plus encore de se lever et de fuir.

Les empreintes traversaient le creux. Alec les suivit, sortit du creux, pénétra dans les buissons. Il allait prudemment. Une brume montait des marécages avec la venue du jour. Elle était si moite, si froide, surtout si épaisse qu'Alec en eut un instant la respiration coupée. Il s'arrêta, caressa Black — un geste qui, en certaines circonstances, manquait rarement de le réconforter.

Quant au capitaine, il avait évidemment voulu se dérober à Kovi, le monstre né de son cerveau. La peur seule avait pu lui donner le courage de se remettre sur pied et de détaler, comme un homme qui croit que sa vie est en danger.

Il se remit en marche. En suivant les empreintes à travers les buissons, il se demandait comment persuader le capitaine que Kovi était une pure invention. Dans le ciel, au-dessus des arbres, un trait de lumière argentée apparaissait. « Bientôt, se disait le jeune garçon, il fera assez clair pour que je prenne le chemin du retour, sans le capitaine probablement. Car il se peut qu'il ait déjà quitté le hammock. » Un moment, à dix mètres entre les arbres, il aperçut un point brillant. Mais, ce point s'étant effacé aussitôt, il crut avoir été le jouet d'une illusion d'optique.

Maintenant, Alec et Black foulaient un tapis de brume. Bien que l'atmosphère restât sombre, le jeune garçon distinguait encore les empreintes. Le capitaine avait également laissé sur son passage des plantes écrasées, des branches rompues.

Et, soudain, Alec déboucha sur un espace où la végétation, aplatie, reproduisait à peu près la forme d'un corps. Le capitaine était-il tombé ? S'était-il reposé un instant ? Et, détail étrange, il y avait des mottes d'herbe dispersées de tous côtés. Pour quelle raison le capitaine les avait-il arrachées et lancées à droite et à gauche ? Dans sa démence, avait-il pensé, par ce moyen, se protéger de Kovi ?

Alec jugeait l'explication plausible. Lui-même n'avait-il pas entrevu ou cru entrevoir la forme du monstre ? Puis, il se secoua : « Je ne vais pas me remettre à délirer ! Rien de tout cela n'est réel. Comment un Kovi pourrait-il se matérialiser ? »

Et pourtant... dans la lumière pourpre, n'avait-il pas touché quelque chose qui avait la consistance de la chair ? S'était-il trompé ? Était-ce un rêve, un mirage ?

Peu après, il atteignit un bouquet de grands arbres. Les empreintes le confirmèrent dans l'idée que son hôte avait pris en sens inverse le sentier qu'ils avaient emprunté ensemble pour se rendre aux marécages. Et, ayant écarté le rideau de lianes, le jeune garçon découvrit, au pied d'un chêne, le capitaine allongé face contre terre.

À première vue, Alec pensa qu'il dormait. Il s'approcha et dit :

« Capitaine, réveillez-vous ! »

Il se redressa horrifié : sous la tête, s'élargissait une mare de sang.

Lorsqu'il eut retourné le capitaine sur le dos, son émotion redoubla. Les yeux, qui semblaient le dévisager, étaient ceux d'un homme ayant cessé de vivre. La bouche était enfoncée, les dents cassées. Quant aux mains, elles étaient ensanglantées et les doigts se tordaient comme s'ils s'agrippaient encore à... Mais à quoi ?

Devant cette face ravagée, Alec se demanda si le capitaine, après tout, n'avait pas eu raison. Kovi n'était-il qu'une simple image irréelle ? Avait-il le pouvoir de se matérialiser, d'infliger des coups terribles ?

Les yeux du capitaine reflétaient moins la souffrance que la terreur.

Leur regard, auquel Alec ne parvenait pas à s'arracher, le tenait cloué sur place, comme si lui-même et son hôte étaient allés ensemble jusqu'à cette frontière qui sépare la vie terrestre de l'autre vie et partageaient désormais un secret...

Alec, sentant la longe qui se tendait dans sa main, se rendit compte que Black cherchait à lui échapper. Les naseaux de l'étalon noir étaient dilatés, ses oreilles couchées en arrière.

Après avoir fait reculer l'étalon noir, Alec se retourna vers le capitaine. « Que faire ? se demandait-il. Partir et aller chercher du secours ? Mais quel secours ? Aucun médecin ne peut ramener cet homme à la vie. » Cependant, il fallait donner l'alarme, pour qu'on procédât à l'enlèvement du cadavre. Et, naturellement, il importait de prévenir la police.

Toutefois, cela ne résoudrait rien. Car la question essentielle demeurait sans réponse : que s'était-il passé ?

Alec se repencha sur la victime. Qui avait frappé... sinon Kovi ? Ces traces noirâtres sur le tronc du chêne, ces plaques d'écorces arrachées, ces mains ensanglantées... Le capitaine s'était-il cramponné au tronc pour échapper à ce qui n'était qu'une folle vision ? Ou bien, superstitieux et détraqué, s'était-il cogné la tête contre l'arbre pour ne plus voir l'image qui se formait et se développait dans son cerveau ? N'était-ce pas ce qui s'était produit ?

Alec scruta les yeux du capitaine... des yeux qui, même dans la mort, ne semblaient pas connaître la paix. Néanmoins, le jeune garçon restait sans crainte devant ce qu'il y déchiffrait, comme si la folie de son hôte avait cessé d'être contagieuse. « De notre aventure, se disait-il, je suis l'unique survivant. Le capitaine est mort parce que son esprit était malade. Il est effrayant de penser que la peur non maîtrisée soit capable de tuer. »

Il se redressa, s'éloigna de quelques pas. D'abord, il alerterait Odin, puis il partirait pour le Sugar Ranch. Le voyage serait long, même s'il trouvait sans trop de peine la bonne route.

Le jour était proche lorsqu'il se hissa sur l'étalon noir. Il laissait derrière lui les ombres de la nuit. Mais il savait que le drame n'était pas terminé, et ne le serait peut-être pas encore lorsque le corps inerte ne serait plus au pied du chêne...

Chapitre 17

L'incendie

Dès qu'Alec serra ses jambes contre les flancs de l'étalon noir, celui-ci partit au petit galop. Maintenant, la boue des marécages avait disparu. Le sol était plus sec. Bientôt, le hammock du capitaine se dessina dans la clarté du matin.

Black hennit, força l'allure, traversa la dernière étendue d'herbe et monta allègrement sur la terre ferme.

Alec le maintint au galop. Il lui était de plus en plus difficile de croire qu'il avait joué un rôle actif dans le drame de la nuit. Le pâle soleil qui filtrait à travers les arbres donnait au décor la fragilité de la transparence.

Le jeune garçon s'était penché sur l'encolure de Black. Qu'est-ce qui avait changé depuis la veille au soir ? Les événements qu'il avait vécus n'étaient-ils pas aussi réels que la tiédeur de son cheval ?

Il ralentit quand, devant lui, il aperçut la maison. Puis il s'arrêta, avec une prudence dont il fut le premier surpris, car rien ne la justifiait. La maison était telle qu'il l'avait laissée. Le toit biscornu, surmonté d'une sorte de tour, était en partie caché par le feuillage des palmiers. « De quoi me méfierais-je ? » pensa Alec.

Et il fit repartir Black au pas vers la maison.

« Odin ! » appela-t-il.

Il découvrit alors qu'un gros cadenas condamnait la porte et qu'on avait mis les volets aux fenêtres.

« Odin ! » répéta Alec.

Il savait que seul le vieillard avait pu prendre l'initiative de fermer ainsi la maison.

Il aurait pu sauter à terre, grimper les marches du perron, frapper à la porte. Au contraire, il poussa Black dans la direction de l'écurie.

Elle aussi était fermée au cadenas ! Où Odin avait-il emmené la jument grise ? Et pourquoi l'aurait-il emmenée ?

Une fenêtre était restée ouverte. Alec s'en approcha. Le box occupé par la jument était vide. On aurait pu croire qu'il n'avait jamais été occupé. Pas de litière : le sol nu. Et rien n'était accroché aux murs. Pas de selle, pas d'étriers. Même pas une bride. Il n'y avait, abandonné dans un coin, que la baguette d'Odin, celle qu'il tenait à la main le jour précédent.

Le vieillard avait sûrement eu une raison pour fermer la propriété et emmener la jument avant le retour du capitaine. En tout cas, il avait pris soin au préalable de nettoyer à fond l'écurie. « Inutile de chercher une explication, de me creuser la cervelle », pensa Alec. Il était décidé à ne plus penser qu'en termes de bon sens : « Je ne peux rien entreprendre par mes propres moyens. Pour commencer, il faut que j'obtienne de l'aide. »

Et, sans plus attendre, il détourna Black de l'écurie. Il savait qu'il ne résoudrait ces problèmes qu'au Sugar Ranch. Il lui fallait donc y revenir aussi vite que possible.

*
* *

Quelques heures plus tard, il suivait la piste boueuse qui conduisait aux terres cultivées. Il lui restait une longue étape à faire. Et, comme il savait que Black était aussi fatigué que lui, il le laissait choisir son allure. Il observa plusieurs busards qui tournoyaient au-dessus des marécages et s'élevaient graduellement à la recherche d'une charogne. Ensuite, il jeta un regard vers le sud et se demanda : « Reviendrai-je à temps pour soustraire à ces oiseaux le corps du capitaine ? »

Un nuage léger flottait à l'horizon. Était-ce la brume qui montait des marécages ? Puis cette brume se changea en volutes de fumée. Alors, le voyageur se rendit compte qu'il s'agissait d'un feu allumé peut-être par la foudre pendant l'orage de la veille et qui, après avoir couvé durant la nuit, était maintenant activé par le vent.

D'un battement de jambes, Alec mit Black au galop. Il lui venait une idée : « Pourvu que ce feu ne gagne pas le hammock avant mon retour ! »

Il avait parcouru un peu moins de deux kilomètres quand il aperçut au loin un tourbillon de poussière et, au bout de cinq minutes, une jeep qui roulait dans sa direction. Sur-le-champ, il ralentit. Mais il était trop las pour se sentir soulagé. Pourtant, il avait désormais une certitude : il n'était plus seul.

Il y avait, dans la jeep, trois occupants. Joe Early, le directeur du Sugar Ranch, était au volant. Deux Indiens Séminoles avaient pris place à l'arrière.

Joe Early sauta de la jeep et demanda d'un ton irrité — alors qu'il aurait dû se montrer heureux d'avoir retrouvé Alec et son cheval :

« Où diable vous cachiez-vous ? Nous avons passé toute la nuit à vous chercher !

— N'avez-vous pas reçu mon message ? demanda Alec. Il vous était transmis par un nommé Odin.

— Non, je n'ai rien reçu », répondit Joe.

Et, se tournant vers les Séminoles :

« Vous connaissez cet Odin ?

— Oui, monsieur Joe, dit l'un d'eux. Il a été au service du vieux Jake Potter. Odin n'est pas un Séminole. C'est un Caraïbe, un homme méchant. Personne ne l'a vu depuis longtemps. »

Joe Early se retourna vers Alec :

« S'il y avait eu un message, ils le sauraient. Ils habitent le village de chasseurs. C'est pour cette raison que je les ai emmenés avec moi.

— Oh ! tout cela est sans importance ! » soupira Alec.

Ainsi, Odin n'avait jamais quitté le hammock ! Il y était resté pour observer les événements. Étant aussi superstitieux que le capitaine, il avait dû penser en voyant celui-ci et son jeune compagnon s'éloigner l'un après l'autre : « Les marécages vont sûrement les engloutir ! » Puis, fort de cette certitude, il avait fait disparaître toutes traces, bouclé la propriété, et s'était enfui avec la jument grise. Il la vendrait un bon prix qui lui permettrait de regagner Haïti et d'y vivre à sa façon.

« Où étiez-vous ? insista Joe Early.

— Chez l'homme avec lequel Odin vivait, le capitaine de Pluminel.

— Mais, s'exclama Joe Early, nous sommes allés chez lui ! Nous avons trouvé tout fermé. »

Et, interrogeant de nouveau les Séminoles :

« Il y a combien de temps de cela ? Trois ou quatre heures sans doute ? »

Les Séminoles approuvèrent d'un mouvement de tête. Alors, Joe Early refit face à Alec :

« Votre capitaine a dû partir il y a plusieurs jours. Et vous prétendez avoir séjourné chez lui ?

— Il est mort, déclara Alec. Contentez-vous de savoir cela. Plus tard, je vous expliquerai le reste. Vous êtes venu pour m'aider. Il faut que nous retournions au hammock. »

Un instant, Joe Early étudia le visage de son jeune interlocuteur et, d'une voix calme et ferme :

« Pas question. Et tout cas, pas dans l'état où vous êtes.

— Mais, Joe, je l'ai laissé là-bas ! Il faut me croire. Hier soir, nous sommes allés ensemble à travers les marécages jusqu'à un autre hammock qui est renflé au milieu, à la façon d'une bosse.

C'est là qu'il est mort. Je vous montrerai, Joe. Aidez-moi, je vous prie. Aidez-moi ! »

Joe demanda, incrédule :

« Vous êtes allé au hammock bossu ? Je ne le crois pas. Personne ne peut y aller, même depuis les travaux d'assèchement. »

Puis il se radoucit. Malgré lui, il était ému par l'expression bouleversée d'Alec.

« Mieux vaut que vous rentriez au ranch, dit-il en lui prenant le bras. Vous êtes en si piteux état que... »

Alec se dégagea avec violence :

« Il faut que vous retourniez là-bas avec moi !

— D'accord, fit Joe Early d'un ton conciliant. Mais pas maintenant. Black est aussi fatigué que vous. Vous ne voudriez pas l'obliger à refaire ce voyage ? Si vous ne pensez pas à vous, pensez à lui. Il faut aussi que nous ayons des fusils et des vivres. Je ne veux pas m'embarquer à la légère.

— Donc, c'est promis ?

— Oui. À la condition que le docteur Palmer nous accompagne. Si Pluminel est mort comme vous le dites, je ne déplacerai son corps qu'avec l'autorisation du médecin. C'est la loi. Je téléphonerai au docteur Palmer dès que nous serons au ranch. À cette heure, il sera chez lui. Il acceptera de venir avec nous.

— J'ai votre parole, Joe ?

— Je ferai de mon mieux. Il ne vous reste plus qu'à monter dans la jeep. Vous tiendrez votre cheval par la longe. »

Aussitôt qu'Alec fut assis près de lui, Joe Early mit le moteur en marche. Il conduisit lentement, sachant que Black était à bout de forces. Comme il en avait pris l'engagement, il ferait de son mieux. Mais pas de la façon dont Alec l'entendait ! En effet, il se proposait de prier le médecin d'administrer au jeune garçon un calmant qui le ferait dormir, même contre sa volonté.

Joe avait vu des hommes plus âgés qu'Alec, et plus expérimentés que lui, succomber, la nuit surtout, aux périls réels ou imaginaires des Everglades. Les marécages exerçaient sur l'esprit de certains une fascination. Pour leur échapper, il fallait beaucoup de chance. Alec y était parvenu... de justesse. Encore quelques heures, et il disparaissait à jamais.

Alec toucha l'épaule de Joe. Celui-ci garda les yeux fixés sur la route. Il ne voulait pas se laisser attendrir par le désarroi de son compagnon.

« Joe, le connaissiez-vous ? demanda Alec.

— Pluminel ? À peine. Je l'ai rencontré une fois, il y a un mois, quand il est venu louer la propriété de Jake Potter. Cette propriété était inoccupée depuis dix ans. J'ai essayé de l'acheter. Je suis allé à Immokalee voir la veuve de Jake Potter. Elle n'a pas accepté. Elle sait que la terre, là-bas, quand elle sera asséchée. vaudra un prix astronomique. Jake Potter avait construit de ses propres mains la maison et les bâtiments. Un drôle de travail ! Car le hammock était presque inaccessible avant le creusement des canaux. »

Joe jeta un coup d'œil à Alec. Puis, ayant constaté que celui-ci gardait la même expression tendue, il continua :

« Je n'ai passé qu'une ou deux minutes avec Pluminel. Comme il ne semblait pas avoir envie de bavarder, je n'ai pas insisté. Il me suffisait de savoir qu'il n'avait pas l'intention d'acheter la propriété.

— Avez-vous vu sa jument grise ?

— J'ignorais qu'il possédait une jument, répondit Joe. D'ailleurs, je n'ai pas visité l'écurie que Jake Potter avait construite pour son cheval de trait, un hongre appelé Jelly Roll. »

Et, s'adressant aux Séminoles assis derrière lui :

« Vous saviez, vous, que Pluminel possédait une jument ? »

Les Séminoles échangèrent un coup d'œil, hochèrent la tête et l'un d'eux expliqua :

« Bien sûr, monsieur Joe. On l'a vue. Il est peut-être arrivé à M. Pluminel la même chose qu'à M. Potter. »

Alec sursauta :

« Qu'est-ce qu'ils racontent ?

— Ils font allusion, dit Joe, à l'une de leurs superstitions. Ils croient qu'il y a une espèce de dieu des marécages, et que ce dieu les protège des gens qui veulent prendre le pays de leurs ancêtres. C'est une invention destinée à interdire aux Blancs l'accès des Everglades. Mais, vous avez pu le constater, cette invention n'empêche pas les travaux d'assèchement de progresser.

— Qu'est-il arrivé au juste à Jake Potter ? insista Alec.

— Aucun rapport avec leur dieu des marécages. Jake Potter venait de terminer les travaux de construction, lorsqu'un cyclone a ravagé la région. Elle a été envahie par les eaux pendant plusieurs jours. Un peu plus tard, quand nous sommes venus sur les lieux et que nous sommes entrés dans l'écurie, nous avons trouvé Jake Potter sur le dos de Jelly Roll. Il était mort, alors que le hongre restait bien vivant. Nous avons supposé que Jake Potter avait cru échapper ainsi à la montée des eaux. Il avait probablement succombé à une crise cardiaque. D'après la déformation de son visage, nous avons pensé qu'il avait beaucoup souffert avant de mourir. Mais les Indiens qui nous accompagnaient étaient d'un autre avis. Selon eux, Jake Potter est mort de frayeur à l'apparition de leur dieu des marécages. Je vous l'ai dit, Alec, ces gens-là sont bourrés de superstitions. Quand ils déraillent, mieux vaut ne pas les écouter. »

Alec garda le silence. Et Joe Early crut que l'affaire était réglée. Il désirait ramener Alec au ranch sans autres complications. Il devait bien ce service à Henry Dailey. Ne lui avait-il pas promis de veiller, pendant son absence, sur le jeune garçon ? Dieu merci, Henry Dailey ne serait de retour que dans deux jours. À ce moment, Alec et Black seraient rétablis. Joe ne dirait rien à Henry. Il laisserait ce soin à Alec. D'ailleurs, après une bonne nuit de sommeil, celui-ci comprendrait sûrement qu'il avait été victime de sa seule imagination.

La route traversait les marécages. Joe regarda à droite, à gauche. Horrible pays et si inutile avant le commencement des travaux ! Heureusement, dans peu de mois, la région serait asséchée. Elle deviendrait riche, productive, favorable aussi à la construction. Certes, quelques hommes, savants, biologistes, ou amoureux de la nature, désiraient sauver les Everglades. Joe, lui, souhaitait les voir disparaître. Comme les promoteurs, il ne s'intéressait qu'à l'argent. Et il comptait en gagner beaucoup dans cette affaire !

Les incendies hâtaient les travaux. Tout à l'heure, Joe en avait aperçu un vers le sud. Il se tourna dans cette direction. Oui, là-bas, l'herbe flambait, la fumée, plus épaisse qu'auparavant, s'élevait dans le ciel et, poussée par un vent de sud-est assez fort, se dirigeait vers la route. Rien ne subsisterait après le passage des flammes. Et, l'incendie terminé, toute végétation détruite, les bulldozers entreraient en action.

Joe se retourna vers la route. S'il avait accepté d'accompagner Alec au hammock bossu, l'incendie les aurait gagnés de vitesse. Dans très peu de temps, toute la région serait anéantie. « Au reste, songeait Joe, il serait ridicule de ma part de croire que ce garçon a laissé Pluminel là-bas et, à plus forte raison, qu'il a passé la nuit en sa compagnie dans les marécages. Il a dû simplement avoir peur, et la peur provoque des visions. Oh ! je ne le blâme pas. Ce qui lui est arrivé dans les Everglades peut arriver à n'importe qui. Bah ! il aura vite fait d'oublier ! »

Le Sugar Ranch était maintenant tout proche. Joe sourit en entendant Black saluer d'un hennissement les juments qui broutaient dans le plus proche pâturage. Il aurait donné cher pour posséder un étalon comme celui-là ! Black aurait sûrement foncé vers les juments s'il avait été libre de ses mouvements. Mais elles ne lui étaient pas destinées — du moins pas pour l'instant. Il ne fallait pas oublier que, dans quelques semaines, il courait à New York.

Le directeur du Sugar Ranch jeta un regard de côté à Alec. Celui-ci, les paupières baissées, était presque effondré sur la banquette. Il ne faudrait qu'un calmant léger pour le faire dormir de longues heures. À son réveil, il serait en pleine forme et son aventure lui apparaîtrait comme un mauvais rêve. D'ailleurs, avec le proche retour d'Henry Dailey, il n'aurait guère le temps de réfléchir. Entraînement quotidien, et bientôt les courses. Rien ne vaut le travail pour oublier.

Joe soupira profondément. Certes, il aurait aimé voir Alec et Black à New York, sur l'hippodrome d'Aqueduct. Malheureusement, il était retenu par ses responsabilités à ce ranch où il ne se passait jamais rien de notable. Au moins, il s'assurerait qu'Alec prenait tout le repos dont il avait besoin. Ce serait là sa modeste contribution à l'intense activité des courses.

Chapitre 18

Le grand jour

Un mois plus tard, à New York, le 19 avril, sur l'hippodrome d'Aqueduct, Alec Ramsay et Black étaient au départ du Toboggan handicap. L'épreuve, dotée d'un prix de vingt-cinq mille dollars, se courait sur mille deux cents mètres.

Alec et Black étaient les derniers du défilé qui précédait la course. Il n'y avait que cinq concurrents. Leur nombre réduit s'expliquait par la présence de l'étalon noir. Celui-ci était installé grand favori, bien qu'il portât soixante kilos. Un poids qui donnait aux autres une chance de le battre dans cette première manche de ce qu'on appelait le Championnat des Handicaps.

Quelques gouttes de pluie tombèrent d'un ciel particulièrement sombre. Puis les nuages crevèrent en une averse si drue qu'Alec distinguait à peine les stalles de départ et les chevaux qui s'en approchaient. Des éclairs zigzaguèrent au loin, suivis des sourds grondements du tonnerre.

Alec pensa : « Chaque fois que j'assisterai à un orage, je ne pourrai m'empêcher d'évoquer une écurie dans les Everglades... » Et pourtant, personne, y compris Henry Dailey, n'avait cru entièrement ce qu'il racontait à propos de sa nuit dramatique. Ceux qui l'écoutaient n'acceptaient que ce qu'ils étaient disposés à croire. Le docteur Palmer n'avait-il pas affirmé que les hallucinations sont fréquentes chez les individus affaiblis ? Alec se félicitait de ne pas avoir, cette nuit-là, jeté la statuette en or. On voulait bien admettre qu'il l'avait trouvée dans les marécages. Rien de plus. Et, comme il ne pouvait donner une explication rationnelle de la mort du capitaine et de son propre drame, il s'était résigné à feindre d'adopter la thèse de ses amis. Ainsi, on le laissait tranquille, et chacun était content.

Pendant plusieurs jours, il dut prendre des calmants. Il n'éprouvait pas de rancune, même contre Joe Early. Il savait que chacun agissait pour son bien. D'ailleurs, au début déjà, il hésitait à parler, craignant d'entendre s'élever des protestations. Il se sentait incapable de penser assez clairement pour ne pas heurter le sens commun. Alors, il n'ouvrait la bouche que pressé par la nécessité. Puis, petit à petit, il s'aperçut que son esprit redevenait normal et, un beau matin, il put enfin revenir en bordure des Everglades et s'absorber dans leur contemplation.

Aussi loin que sa vue pouvait porter, les marécages lui apparurent comme un tapis de cendres achevant de se consumer. Tout, au sud et à l'ouest, était ravagé par l'incendie. Ses amis, après des demandes réitérées, acceptèrent de le conduire au hammock bossu. En agissant ainsi, ils comptaient surtout l'apaiser. Ils n'espéraient pas qu'il pût leur démontrer qu'il disait la vérité. Naturellement, ils ne trouvèrent rien. Les restes du capitaine avaient disparu, dévorés par les flammes. Néanmoins, Alec fut heureux de prouver qu'il était bien venu à cet endroit.

Ensuite, il recommença à s'entraîner avec plaisir. La nuit surtout, lorsque l'odeur des marécages montait jusqu'à sa chambre, il évoquait l'obscur monde perdu, il revoyait des scènes et des images qu'il croyait avoir déjà oubliées. Il savait que ce rêve, ce cauchemar plutôt, le hanterait longtemps.

*

* *

Soudain, Black bondit en avant. Alec revint aussitôt à la réalité. Il aperçut, à travers une lumière trouble, les autres chevaux qui tournaient en rond derrière les stalles de départ. Les employés de l'hippodrome, gênés par la pluie aveuglante, essayaient de les maîtriser.

Alec conduisit Black sans difficulté vers les stalles. Il savait que l'étalon noir était en excellente condition, peut-être même plus fort que jamais, et qu'il prendrait la tête avec facilité. Mille deux cents mètres représentaient pour lui une distance très courte. Cependant, il avait besoin de cet essai de vitesse pure, avant d'affronter des épreuves plus longues.

Les instructions d'Henry à Alec s'étaient résumées en quelques mots :

« Contente-toi de lui épargner des ennuis. »

Il n'était pas toujours facile de suivre ce genre de recommandation, surtout quand une course — et, ce jour-là, c'était le cas — se présentait assez mal. La pluie redoublait. Le sol était déjà collant. Un concurrent, traversant la piste, en heurta un autre. Toute course pouvait être perdue avant le départ. Or, Black devait rester calme, d'autant plus qu'il était lourdement handicapé.

Plusieurs minutes s'écoulèrent. Les chevaux se placèrent l'un après l'autre dans les boîtes de départ. Puis ce fut le tour de l'étalon noir. Il entra docilement dans sa stalle. La porte claqua derrière lui. Il ne resta plus à Alec qu'à attendre le tintement de la cloche. Mais Black devenait nerveux. Il semblait animé par une ardente volonté de vaincre. Et, comme il bougeait beaucoup, Alec l'empêcha de se cogner contre les parois de la stalle. Il était prêt à démarrer. Ses jambes repliées contre ses cuisses, le dos arrondi, il avait pris la position du jockey qui guette l'ouverture des portes grillagées pour précipiter sa monture à l'extérieur. Devant lui, le ruban de la piste, et un seul tournant.

La cloche tinta. La course commençait ! Presque immédiatement, Black fonça. Alec se coucha sur l'encolure et cria :

« Va ! Va ! »

Sa voix se mêlait à celles des cinq jockeys qui pressaient leurs chevaux de forcer l'allure et de s'arracher au peloton. Chacun voulait éviter de se laisser « enfermer ».

À travers la pluie battante, dans une atmosphère de crépuscule, Alec essaya d'éloigner Black du peloton. Les autres concurrents, malgré leurs efforts, restaient trop près les uns des autres. Un des chevaux glissa ; le jockey passa par-dessus sa tête et plongea dans la boue. Black lui-même fut bousculé par un robuste alezan.

Alec l'aida à ne pas perdre l'équilibre et réussit enfin à l'extraire du peloton. Il surveilla plus particulièrement deux concurrents qui prenaient la tête. Mais il se faisait fort de les rejoindre. « Mon cheval n'est pas trop gêné par le terrain, se disait-il. Si je le conduis sans commettre de faute, nous gagnons ! »

L'un des concurrents qui galopaient devant tenta de se faufiler à la corde, par un passage étroit... qui se ferma juste au moment où il s'y engageait. Le jockey fut contraint de tirer sur les rênes et faillit défoncer la barrière. Sa ruse avait échoué.

Alec profita de la circonstance pour le doubler, en maintenant Black au plus près de la barrière. L'étalon filait toujours bon train, et avec tant de facilité, de souplesse, qu'on aurait dit qu'il flânait.

Assourdi par le roulement des sabots, Alec avait presque du plaisir à sentir la pluie mêlée de boue fouetter son visage. Cette vie était celle qu'il préférait. Il aimait rivaliser avec d'autres, et plus particulièrement quand ceux-ci luttaient pour la victoire avec une énergie égale à la sienne.

Il ne restait en tête qu'un concurrent. Alec le dépassa et, dans le tournant, il rabattit l'étalon noir à la corde et le laissa ensuite galoper à sa guise. Pendant quelques secondes, l'autre concurrent multiplia les efforts pour rester à sa hauteur. Il cravacha même son cheval pour ne pas être lâché. Mais Black filait comme le vent et se retrouva seul dans la ligne droite.

La foule comprit que cet effort impétueux du champion mettait fin à la course. Soixante-dix mille spectateurs se dressèrent et firent une ovation délirante à Black jusqu'au poteau d'arrivée.

L'étalon noir avait fait sa rentrée à New York en triomphateur. Une fois encore, il était sur le chemin du succès.

Une heure plus tard, lorsque Black, promené et rafraîchi, eut été placé dans son box, Henry Dailey rejoignit Alec à la sellerie. Il lui tendit un journal en disant :

« Je ne voulais te montrer cela qu'après la course. »

Henry était bâti comme Alec, bras solides, poitrine large. Il était corpulent, mais avait le ventre plat. Il se déplaçait dans la sellerie avec l'aisance d'un homme bien moins âgé que lui.

« J'ai l'impression que tu avais raison au sujet du Fantôme, reprit-il. Donc, ton histoire est vraie... en partie. »

Alec lut, à la première page du journal, un texte publicitaire annonçant la séance d'ouverture du cirque Barnum and Bailey, à Madison Square Garden. Le programme était copieux. Toutefois, un seul numéro avait été entouré au crayon, par Henry :

Le FANTÔME. Une jument prodigieuse ! Son numéro vous donnera le frisson, vous coupera le

souffle ! On n'a jamais rien vu de comparable aux États-Unis !

« Ce n'est peut-être pas la même ? suggéra Henry.

— Oh ! si, répondit Alec. Odin l'a vendue, comme je le prévoyais. »

Un instant, ils se regardèrent en silence. Puis, Henry décrocha son chapeau à un clou du mur, le planta sur sa tête et dit avec entrain :

« Il faut en avoir le cœur net. Il y a une séance en matinée au Madison Square Garden. J'ai téléphoné. Le numéro du Fantôme passe vers quatre heures. Nous avons juste le temps. »

Il attendit qu'Alec eût endossé son imperméable. Comprendrait-il un jour ce qui était arrivé à son jeune compagnon dans les marécages ? Certes, Alec avait changé. Mais de quelle façon ? Henry aurait été incapable de le préciser. Tout ce qu'il trouvait à dire était : « Il semble différent. Ses yeux surtout... Naguère, ils étaient toujours vifs. Aujourd'hui, à certains moments, ils ont une expression absente. »

Henry ne se trompait pas. Si Alec ne souffrait d'aucune maladie, il n'était plus le même. Il restait marqué par sa terrible aventure. Pendant la course, il n'avait commis aucune faute, mais grâce à son instinct, non à son esprit. Cette situation ne pourrait se prolonger indéfiniment. Il allait revoir le Fantôme — en admettant que ce fût la jument en question. Cela arrangerait peut-être bien des choses. Mais serait-ce suffisant ? Henry l'espérait.

Il sortit le premier de la sellerie. Alec lui emboîta le pas.

Chapitre 19

Alec a disparu !

Ils laissèrent derrière eux les tribunes de l'hippodrome et s'engagèrent sur la rampe abrupte qui conduisait à la station du métro. Le vent avait chassé la pluie et soufflait en bourrasques, ce qui contraignit les deux amis à courber la tête.

« Sale temps, dit Henry en remontant le col de son pardessus. Un vent comme celui-là aurait assez de force pour vous expédier jusqu'en Floride !

— Je souhaite ne jamais retourner là-bas », répliqua sèchement Alec.

Henry n'insista pas. Après des années passées ensemble, il se sentait comme un étranger au côté de son compagnon.

Lorsqu'il eut atteint le quai, il dut saisir son chapeau à deux mains avant que le vent ne le lui arrache. Alec était rapide et silencieux. Indifférent aux bourrasques, il regardait, à trente kilomètres de là, le panorama de New York. C'était là-bas, dans cet enchevêtrement de maisons, que se trouvait Madison Square Garden... et le Fantôme.

La rame entra dans la station. Les portes s'ouvrirent. Les voyageurs étaient peu nombreux. Si bien qu'Henry et Alec trouvèrent facilement des places. Les portes se refermèrent. La rame repartit.

Pendant longtemps, ils n'échangèrent pas un mot. Henry jugeait cela insupportable. Il avait coutume de discuter librement sur tous les sujets. Mais il refusait de croire à l'histoire invraisemblable du monstre nommé Kovi. Pour lui, tout cela n'était qu'un tissu d'inventions, un conte à dormir debout. Quant à Alec, il ne pouvait rien faire pour Henry que d'être patient et aussi aimable que possible. Le temps finirait par arranger les choses.

Lorsque la rame descendit dans le passage souterrain de l'East River, le grincement des roues résonna désagréablement aux oreilles du vieil entraîneur. Néanmoins, cela ne suffit pas à le tirer de ses pensées. « Après tout, se disait-il, il s'agira peut-être d'un banal numéro équestre. L'expérience vaut quand même d'être tentée. Cette jument semble compter beaucoup pour Alec. »

Dès que la rame s'arrêta à la station de la 34e Rue, Henry se leva.

Quelques minutes plus tard, les deux amis, après avoir traversé une rue très fréquentée, pénétraient dans le couloir de Madison Square Garden. Le spectacle du cirque en était à sa seconde partie. Aussi n'y avait-il au guichet que cinq ou six spectateurs tardifs qui, comme eux, se hâtaient de prendre leurs billets et de gagner la salle.

Alec passa devant Henry. Ayant consulté sa montre, il s'aperçut qu'il était déjà quatre heures dix. Une ouvreuse lui demanda son billet. Il ne daigna même pas le montrer, et continua son chemin. Il voulait être placé de façon à bien voir la piste. Soudain, entendant un bruit, il s'arrêta. Henry, qui le suivait, le heurta en bougonnant et faillit tomber.

Alec n'entendait rien que le bruit ou plutôt la musique. Cette musique venait de la piste plongée dans la pénombre. Il reconnaissait les notes dont elle était composée ! Il tressaillit, tandis que ses yeux s'emplissaient de larmes. Brusquement, il se retrouvait la nuit, de l'herbe jusqu'à la ceinture, comme s'il n'avait jamais cessé d'errer dans les marécages.

« Qu'y a-t-il ? » demanda Henry en s'approchant.

Alec ne répondit pas. Son regard, avec une fixité extraordinaire, suivait une jument grise qui évoluait sur la piste dans le faisceau d'un projecteur.

Henry, qui avait été toute la journée exposé au vent, à la pluie et au froid. eut la sensation que son corps se réchauffait.

Il écouta la musique, observa la jument grise avec un intérêt croissant. Ce qu'elle faisait lui semblait conforme aux descriptions d'Alec. Et tant pis si ce qu'il constatait risquait de le conduire à adopter dans sa totalité l'histoire délirante de son jeune compagnon ! Seule comptait pour lui la beauté de la jument grise. La musique aussi le captivait. Et il était sûr qu'elle exerçait un semblable envoûtement sur les spectateurs.

Sans le moindre doute, il assistait à un parfait numéro de dressage. La jument ne portait ni selle ni bride. Elle n'était même pas pourvue d'une longe. Cependant, elle ne commettait aucune erreur, et, avec grâce, sans hésiter, elle changeait de pas, de figure, de mouvement, comme si elle était guidée par une main invisible. Mais Alec n'affirmait-il pas qu'elle obéissait à la musique ?

Bientôt, la flûte égrena ses notes piquées, parfois avec lenteur, en sourdine. À d'autres moments, les notes se rapprochaient, vives et rapides, et devenaient un sifflement ininterrompu. En prêtant l'oreille à cette musique si singulière, presque magique, Henry était bien près d'accepter ce qu'il avait nié avec énergie auparavant. Elle créait l'illusion que tout, absolument tout, était possible...

Entraîneur, connaissant les chevaux de longue date, il avait le souffle coupé par l'admiration. La jument grise ne marchait pas, ne trottait pas. Elle flottait autour de la piste ! Elle suivait scrupuleusement chaque phrase musicale, s'arrêtait aux syncopes, épousait le rythme, sans jamais rien perdre de son élégance.

Henry n'était guère initié à la haute école. Mais on n'avait pas besoin de cela pour apprécier un si merveilleux travail. N'y avait-il pas comme de la sorcellerie dans l'habileté de l'homme qui avait réussi à persuader la jument d'exécuter seule de tels mouvements ?

Après un claquement métallique de cymbales, la musique devint de moins en moins sonore et fut bientôt presque impossible à entendre. Henry eut l'impression peu agréable de descendre dans un vide insondable.

Puis la musique reprit du volume, jusqu'à un nouveau claquement de cymbales. Henry fut soulagé. Il n'aimait pas les notes piquées. Elles le gênaient, lui faisaient un peu peur, comme si elles possédaient un sens qu'il ne pouvait comprendre.

À un roulement de tambours, la jument grise s'accroupit sur ses postérieurs, replia ses antérieurs et se balança au ras du sol. Elle resta dans cette position délicate pendant plusieurs secondes. Ensuite, toujours sur ses postérieurs, elle traversa la piste par bonds successifs.

Une fois encore la musique diminua d'intensité, laissant la place à un unique instrument, la flûte dont les notes piquées, d'abord en sourdine, se réunirent en un cri donnant l'impression qu'un événement terrifiant était sur le point de se produire. Un cri si déchirant, si perçant, qu'Henry le crut capable de s'envoler et de se perdre dans le vaste monde. Mais, bientôt, il secoua la tête. « Voilà bien les méfaits de l'imagination ! pensa-t-il avec colère. Après tout, c'est quoi ? Une simple flûte. »

Cependant, ayant les nerfs à vif, il souhaitait que le cri cessât au plus tôt. Il se sentait mal à l'aise dans la pénombre qui envahissait la salle.

Il continua toutefois d'observer la jument. Elle avait réagi au cri de la flûte en trottant plus vite autour de la piste. Elle semblait tenter de lui échapper. Henry remarqua que ses oreilles tressaillaient, que ses naseaux frémissaient. Mais avait-elle vraiment peur ? N'était-elle pas simplement captivée ?

Brusquement, elle sauta, ses quatre membres tendus, les antérieurs devant elle, les postérieurs derrière elle. L'espace d'un éclair, elle vola ! Et Henry se dit que cette jument était en quelque sorte le double de Pégase, le fabuleux cheval ailé.

Dès que la lumière revint, il applaudit. Il n'oublierait jamais ce qu'il venait de voir. La jument se tenait immobile au centre de la piste. La musique s'était tue. Le vieil entraîneur était tout à la joie d'avoir pu admirer un animal superbement dressé.

« Bravo ! Bravo ! Bravo ! » hurlait-il en applaudissant avec plus de vigueur que n'importe quel autre spectateur.

L'éclairage baissa lorsque s'ouvrit, à l'extrémité de la piste, un rideau cramoisi. Une seconde après, la jument avait disparu.

« Comme un fantôme... », murmura Henry.

Et il applaudit de plus belle, dans l'espoir qu'elle reparaîtrait. Mais il fut déçu.

À sa place, surgit un homme en habit rouge, le maître de manège, qui annonça le numéro suivant.

Henry se tourna vers Alec et découvrit que celui-ci s'était éclipsé. Alors, il courut vers l'escalier en pensant :

« Il va sûrement être aux écuries, près de la jument ! »

Chapitre 20

Tout a une fin

Un garde tenta d'interdire à Alec l'endroit où les animaux étaient rassemblés. Le jeune garçon l'évita d'un brusque crochet et continua de courir, bien résolu à trouver la jument grise.

Au voisinage des écuries, le désordre régnait, le bruit était assourdissant. Alec s'arrêta et balaya du regard les boxes où étaient provisoirement logés les chevaux appartenant à la cavalerie du cirque.

Il attrapa un jongleur par le bras et lui demanda en forçant la voix pour dominer le tintamarre :

« Pouvez-vous me dire où est le Fantôme ? »

Le jongleur sourit, secoua la tête et prononça quelques mots en espagnol. Comme Alec ne connaissait pas cette langue, il poursuivit son chemin, s'approcha de la première rangée de boxes... et, à une cinquantaine de mètres, aperçut Henry qui, lui aussi, échappait à un garde. « Ah ! il me poursuit ! » pensa-t-il. Il ralentit le pas devant une vingtaine d'alezans qu'on achevait de parer pour la piste. Des valets fixaient sur leurs têtes des coiffures emplumées. D'autres leur passaient des brides scintillantes de pierreries. Un petit homme, tenant un long fouet à la main, surveillait les préparatifs.

Espérant que cet homme comprendrait l'anglais et accepterait de l'aider, Alec lui dit :

« Je cherche le Fantôme.

— Elle est là, dans ce box. Que puis-je faire pour vous ? »

Le ton de l'homme en habit était courtois, alors que ses yeux semblaient dire : « De quel droit me dérangez-vous en plein travail ? »

Alec s'approcha du box indiqué et y vit la jument grise dont un palefrenier était en train de bouchonner la robe trempée de sueur. Qu'avait-il espéré en la retrouvant ? Que son cauchemar serait enfin dissipé ?

Quelques instants, il demeura immobile. Puis, se retournant, il demanda à l'homme qui l'avait suivi :

« Où vous l'êtes-vous procurée ?

— Procurée ? fit l'homme en fronçant les sourcils. Je ne saisis pas.

— Elle ne vous appartient pas », déclara Alec d'un ton cassant.

Derrière eux, Henry venait d'apparaître. Et, du geste, il invitait le jeune garçon à ne pas perdre son sang-froid. Mais, sans lui prêter attention, Alec répéta :

« Où vous l'êtes-vous procurée ? »

Henry jugea le moment venu d'intervenir, sinon les choses se gâteraient. Il s'adressa d'une voix ferme à l'homme en habit :

« Mon nom est Dailey. »

Et, montrant Alec :

« Voici Alec Ramsay. Il connaît déjà cette jument. Il l'a vue à...

— Je commence à comprendre, interrompit l'homme en s'adressant au vieil entraîneur. C'était en Europe. J'ai appartenu, en Pologne, à la troupe de l'Olympic Circus. Mon nom est Borosky. C'est certainement là-bas que vous avez assisté au numéro en liberté de mes alezans.

— Il n'est pas question de moi, dit Henry. Mais d'Alec Ramsay ici présent, et de la jument grise. Et ce n'est pas en Europe qu'Alec a vu cette jument. C'était en Floride, il y a un mois. »

Borosky se retourna vers Alec et, cette fois, une ombre d'inquiétude se répandit sur son visage. Il ouvrit la bouche, cherchant en vain une réplique.

« Elle appartenait au capitaine Philippe de Pluminel, reprit Alec.

— Je sais. En Europe, dans les milieux du cirque, tout le monde connaît Pluminel. Mais n'est-il pas mort ? C'est ce qu'on m'a affirmé quand j'ai acheté la jument.

— À qui ? Sans doute à un nommé Odin ?

— Oui. Il est venu à nos quartiers d'hiver. Comme je suis responsable de toute la cavalerie du cirque, c'est à moi qu'il s'est adressé. Il m'a présenté la jument et m'a dit que Pluminel était mort. Il avait en sa possession tous les disques qu'on utilise pendant le numéro du Fantôme. Enfin, il savait que Pluminel avait un contrat avec le cirque Barnum and Bailey. Il m'a demandé d'acheter la jument. »

Borosky ajouta avec un ricanement :

« J'avais quelques doutes sur la mort de Pluminel. Je me méfiais du vieux bonhomme qui se disait son grand-oncle et prétendait avoir le droit de vendre la jument. Cependant, comme nous partions le lendemain en tournée, j'ai accepté presque sur-le-champ. Ce n'est pas tous les jours qu'on vous propose un numéro parfaitement au point. »

Après avoir contemplé un instant la jument, Alec déclara :

« Je suis prêt à vous l'acheter.

— Elle n'est pas à vendre.

— Même le double du prix que vous l'avez payée ? »

Borosky éclata de rire :

« Vous vous moquez de moi. Vous ignorez combien je l'ai payée et vous me proposez le double ! Pour quelle raison ? Vous n'appartenez pas à notre troupe. Quel usage feriez-vous de cette jument ? Et si Pluminel n'était pas mort, s'il la réclamait, que se passerait-il ? »

Alec ne parut pas entendre ces questions. Sans colère, sans émotion dans la voix, il revint à la charge :

« Je ne me moque pas de vous. Dites-moi un prix, n'importe lequel. Je paierai.

— Voyons, Alec... » commença Henry.

Il s'arrêta, impressionné par le visage durci de son jeune compagnon. Et il se promit de rester autant que possible hors du débat, quelle que fût la raison qui incitait Alec à faire cette proposition invraisemblable. Il se tourna vers Borosky. Oh ! il comprenait très bien ce qui se passait dans l'esprit du petit homme. Qui aurait résisté à une offre aussi alléchante ?

Après une bonne minute, Borosky haussa les épaules et tenta d'expliquer :

« Je le répète, elle n'est pas à vendre. En outre, il y a un contrat dont il faut tenir compte... »

Il resta un instant à scruter Alec, comme pour être bien certain qu'il n'était pas le jouet d'un farceur.

Et, rassuré, il continua :

« Cependant, je crois que je peux vous céder la jument et prendre toutes dispositions pour faire annuler le contrat. Quant au prix, disons... trente mille dollars. C'est une somme, je le sais. Mais la jument est admirablement dressée. Il sera facile pour vous de... »

Alec lui coupa la parole :

« J'achète. »

Il s'adressa à Henry :

« Donnez-moi votre chéquier. »

Henry essaya de résister :

« Tu ne vas pas...

— Donnez », répéta Alec.

Henry s'exécuta en poussant un soupir. Quelle affaire... et quelle folie ! Cette jument grise... à quoi leur servirait-elle ? À quel mobile obéissait Alec en la payant aussi cher qu'une jument pur-sang de grand pedigree qui leur aurait rendu, des années durant, de précieux services ? Henry ne

parvenait pas à comprendre, pas plus qu'il ne comprenait tant d'autres événements déjà anciens.

Alec griffonna le chèque, le tendit à Borosky et conclut :

« Un van viendra la chercher.

— À votre aise », répondit Borosky en jetant un coup d'œil au chèque.

*
* *

Peu après, les deux amis sortaient de Madison Square Garden.

« Je suppose que tu sais ce que tu fais, dit Henry. Tu voulais cette jument à n'importe quel prix. Cela sautait aux yeux.

— Oui, je la voulais, répondit Alec. Je vais l'envoyer à notre ranch.

— Pour quelle raison ?

— Pour de nombreuses raisons. »

Ces derniers mots, Alec les avait prononcés presque à voix basse. En revoyant la jument et en écoutant la musique, il avait senti se réveiller en lui des pensées et des souvenirs qu'il avait essayé d'oublier. Maintenant, il avait besoin de respirer l'air pur de l'extérieur, bien que le temps fût toujours maussade. Après la scène avec Borosky, il avait les nerfs tendus à craquer.

« Parmi toutes ces raisons, insista Henry, y en a-t-il une que je sois capable... bref qui soit à mon modeste niveau ? »

Il ajouta, dans un effort pour paraître jovial :

« Bien sûr, je ne suis qu'une vieille bête. Cela n'empêche pas que j'aime savoir ce qui se fricote autour de moi. Il y a un tas de choses auxquelles je ne trouve pas d'explication. »

Alec lui posa la main sur l'épaule :

« Il y en a une au moins qui vous paraîtra claire. La jument va avoir un poulain de Black. Dans ce cas, comment aurions-nous accepté de la laisser nous échapper ? »

Immédiatement, Henry se renfrogna :

« Tu veux dire... Tu as permis...

— Non, répliqua Alec. Mais je n'ai rien pu empêcher. Vous refusez, Henry, de croire ce que je vous ai raconté au sujet de Pluminel et de ma nuit au hammock. Vous refusez tout, comme s'il ne s'était rien passé ! »

Henry parut troublé. Cette affaire des Everglades représentait une aventure si différente de toutes celles qu'il avait vécues au cours de son existence ! Il réfléchissait, s'acharnait à trouver une réponse.

Enfin, il dit d'une voix rauque :

« Tu nous as raconté une histoire ridicule pour une raison que j'ignore. Je ne crois pas que les choses se soient déroulées comme tu le prétends. Tu t'es perdu dans les marécages et tu as eu — d'ailleurs tout le monde le dit, à commencer par le docteur Palmer — des hallucinations.

— Et si la jument a un poulain, ce sera aussi une hallucination ? demanda Alec.

— Non. Dans ce cas, je saurai que tu n'as pas tenu compte de mes instructions et que tu as consenti à cet accouplement parce que tu estimais qu'il donnerait un bon produit. Je ne pense même pas que tu aies eu des difficultés avec Pluminel. Et veux-tu que je te dise ? Je suis convaincu qu'il n'est pas mort de la façon que tu décris. D'ailleurs, est-il vraiment mort ? Je partage l'avis de Borosky. Pluminel reparaîtra un de ces quatre matins. Il réclamera sa jument, la récupérera. Et toi, tu auras perdu trente mille dollars !

— Pluminel ne reparaîtra pas, affirma Alec. Il est mort, Henry. Cela, il faut le croire, si vous refusez tout le reste. »

Il revoyait, comme si c'était hier, les yeux du capitaine fixés sur les siens, son visage meurtri, la tache de sang qui s'élargissait sous sa tête, l'écorce du chêne arrachée par ses ongles. Pas de doute : le capitaine s'était tué dans un accès de fureur démentielle.

Dans la rue, la circulation restait intense, les passants innombrables. Le ciel redevenait clair. En cette fin d'après-midi, le soleil luisait au-dessus de l'Hudson River.

« Oublions tout cela et ne pensons qu'à l'avenir, suggéra Henry. Ce printemps, nous avons du pain sur la planche.

— Voilà qui me plaît ! » dit Alec en se frayant un chemin entre les passants.

Il avait hâte d'être loin de la foule, de retrouver son cheval et le travail qu'il aimait. Il ne voulait que des occupations simples, n'exigeant pas de grands efforts intellectuels.

Au fond de l'une de ses poches, il sentit la statuette en or et se demanda si, pour lui, le moment n'était pas venu de s'en débarrasser. Il s'arrêta près d'une poubelle, tira la statuette de sa poche, la retourna entre ses doigts. Il ne la redoutait plus. Pourtant, il savait que son apparition avait modifié sa propre existence pour longtemps, peut-être pour toujours.

Il se souvint aussi que le capitaine avait dit : « Je ne la laisserai jamais tomber en des mains indignes. » Alors, avait-il droit de s'en séparer ?

« Tu viens ? appela Henry. Qu'est-ce que tu fabriques ?

— Me voilà », répondit Alec.

Un instant, il examina la statuette dont les scintillants yeux verts semblaient le regarder...

Puis il la remit dans sa poche.

Table

Composition ***Jouve*** – 53100 Mayenne

Imprimé en France par ***Partenaires-Livres*** ®
N° dépôt légal : 9827 – février 2001
20.07.0554.02/4 ISBN : 2.01.200554.3

Loi n° 49-956 du 16 juillet 1949
sur les publications destinées à la jeunesse